KB235537

The Seed

시드

김형신
퓨전 판타지 소설

FUSION FANTASTIC STORY

시드 3권

김형신 판타지 장편 소설

초판 1쇄 찍은 날 § 2009년 6월 17일
초판 1쇄 펴낸 날 § 2009년 6월 25일

지은이 § 김형신
펴낸이 § 서경석

편집장 § 문혜영
편집책임 § 정서진
편집 § 서지현 · 주소영

펴낸곳 § 도서출판 청어람
등록번호 § 제1081-1-89호
등록일자 § 1999. 5. 31
어람번호 § 제2-1055호

주소 § 경기도 부천시 원미구 심곡2동 163-2 서경B/D 3F (우) 420-822
전화 § 032-656-4452 팩스 § 032-656-4453
http://www.chungeoram.com
E-mail § eoram99@chollian.net

ⓒ 김형신, 2009

ISBN 978-89-251-1839-0 04810
ISBN 978-89-251-1794-2 (세트)

김형신 퓨전 판타지 소설
FUSION FANTASTIC STORY

THE 시드 SEED

3 |진실|

도서출판
책람

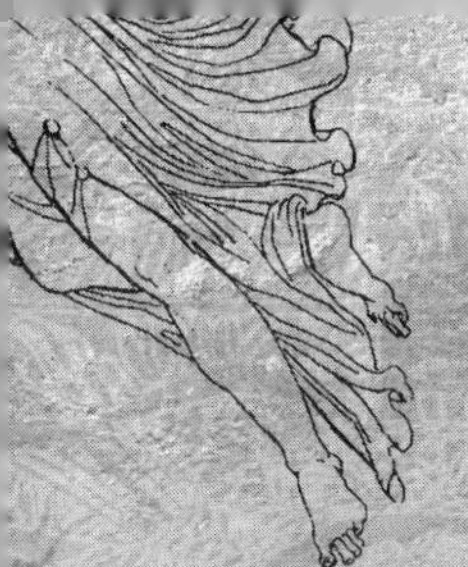

Contents

CHAPTER 01
5분

The Seed
시드

'도대체 왜……'

시드는 입술을 잘근 깨물었다.

그들에게 있어 샤인은 여러 초인족 중 한 명일 뿐이었다.

비록 샤인으로 인해 페어리가 자존심의 상처를 입었다 할 지라도, 리샤르 왕국을 떠나면서부터는 추격이 끝났으리라 믿었다.

한데, 4대왕국도 아닌 스파인 왕국에서 이들과 마주칠 줄 이야! 그것도 우연이 아닌, 기다리고 있었던 것이다.

시드로서는 전혀 예상치 못한 일이었다.

"누군가?"

“전에 얘기했던 이들입니다.”

정확한 사정은 알 수 없지만 좋지 않은 만남이라 파악한 카네가 시드의 앞을 막아서며 물었다.

그러자 시드는 대답과 함께 그런 카네의 앞으로 재차 움직였다.

‘이들과 관련시킬 수 없다.’

현재 페이리와 스로우의 목적은 자신과 샤인이었다. 괜히 시멘 용병단마저 저들의 적으로 만들 이유가 없었다.

리스네의 적이 된다면 위험에 처해질 수 있었다.

더군다나 시멘 용병단의 주 활동 무대가 리샤르 왕국이었다.

“나와 샤인에게 볼일이 있는 것이라 생각한다. 이들은 아무것도 모른다.”

시드가 스로우를 쳐다보며 말했다.

페이리의 성격으로 봤을 때 절대 협상이 통할 인물이 아니었다. 하나, 스로우라면 달랐다. 그가 다시 찾아온 점은 의외였지만, 적어도 그날의 약속은 지켰다.

“그러도록 하지.”

스로우는 깊게 생각하지 않으며 제안을 받아들였다.

그 역시 일을 크게 만들고 싶지 않았다. 리스네가 바란 것은 초인족 소녀뿐이니.

그리고 자신은 눈앞에 있는 소년과 한번 더 겨뤄보고 싶을

뿐, 괜한 피를 흘리고 싶지는 않았다.

"역시 애기가 통해서 좋군."

조마조마하던 시드는 흡족한 표정으로 고개를 끄덕였다. 자신과 샤인뿐이라면 어떻게든 도망은 칠 수 있었다.

"잠깐. 왜 둘이서 결정을 하지?"

자신을 쏙 빼먹는 태도에 기분이 상한 것일까? 페이리가 인상을 찌푸리며 앞으로 나섰다.

"페이리, 우리는 소녀를 데리러 온 것이다."

"하지만 그날 무너진 내 자존심을 회복시켜야 해. 리스네는 분명 저항하면 죽여도 된다고 했으니."

"굳이 목숨을 거둘 이유는 없어."

"나는 아저씨가 아냐."

'이런……. 난감해지는데.'

시드의 미간이 좁혀졌다. 페이리가 얌전히 있을 것이라고는 생각하지 않았지만 그녀의 자존심이 입은 상처는 변함없는 듯했다.

아니, 그동안 꾹 참고 있다가 샤인을 만나는 순간 한 번에 폭발시킨 것 같다.

샤인을 노려보는 페이리의 전신에서 터져 나오는 끔찍한 살기만 느껴도 알 수 있었다.

"으으윽!"

그런 페이리를 쳐다보는 눈빛은 샤인도 다를 바 없었다.

기억한다. 잊을 수 없다. 온몸에서 분노가 치솟았다. 증오가 끓어올랐다.

"아직 안 돼."

시드는 다급히 샤인의 어깨를 힘주어 잡았다.

그로 인해 이성이 증오에 잡아먹히며 저도 모르게 변신이 되고 있던 샤인이 정신을 차렸다.

"흥분하면 이길 싸움도 진다."

라탈 급의 힘을 가지고 있다 하나 아직 어린 소녀였다.

그래서 감정 조절이 서툴 수밖에 없었다. 더군다나 초인족이어서 더 그런 면이 있었다.

단, 수련을 할 때 항상 감정 조절에 대해서도 빼먹지 않고 알려줬기에 기특하게도 자신의 마음을 다스렸다.

"어차피 아저씨는 없어도 되니 뒤로 빠져 있어."

그때쯤 페이리가 스로우에게 경고하며 앞으로 나섰다.

페이리의 뒤로 두 명의 남자와 한 명의 여자가 뒤따랐는데, 시드는 긴장의 침을 꿀꺽 삼켰다.

강하다. 뒤에 서 있지만 저들은 페이리를 뛰어넘는 힘을 가지고 있다. 즉, 셋 다 라탈 급!

'저들은 누구지?

시드는 굳은 얼굴로 셋을 살폈다.

과거 리스네의 저택에서 본 적이 있는 인물이 있을까 해서였다. 그러나 낯설었다. 자신과는 한 번도 만나지 않은 사람들이라는 것이다.

그렇다면 두 가지 경우로 생각할 수 있었다.

공작이 된 5년 동안 새로운 수하들을 얻었거나 아폴레의 세력일 수 있었다.

"모두 어서 피하세요."

시드는 낮지만 모두가 똑똑히 들을 수 있도록 마나를 실어 자신의 뜻을 전했다. 인원으로 따지면 자신들이 우세하지만 질의 차이가 컸다.

라탈 급이 무려 셋이다. 스로우까지 가세하게 된다면 넷.

아무리 자신이 라탈 급이고 샤인과 우드가 있다고 하지만, 싸움이 벌어지면 라탈 급이 아닌 시멘 용병단의 안전을 보장할 수 없었다.

그렇다고 자신이 그들까지 챙기며 여유롭게 싸울 수 있는 상황도 아니고 말이다.

지금 떠나는 것이 가장 좋았다. 괜히 싸움에 말려들면 시멘 용병단마저도 적으로 찍힐 수 있었다.

"그럴 수는 없네."

"네?"

시드는 당황스러운 목소리로 뒤를 돌아봤다.

이들이 페이리와 스로우를 모를 리 없었다. 그 정도로 리스네의 측근인 둘은 유명하기 때문이다.

전투에 참여하면 리스네와 아폴레를 적으로 돌린다는 것

과 똑같은 의미였다.

한데 지금까지 봐온 시멘 용병단은 바보라는 것이 문제였다.

무엇이 이득이고 손해인지 뻔히 알면서 득실을 따지지 않은 채 마음으로만 움직이는 바보.

시드에게 있어서는 세상에서 가장 큰 바보라 생각되는 이들이었다.

그런데 또 바보처럼 나올 줄이야.

"할아버지, 안 됩니다. 저들은……."

"알고 있네. 그렇다고 자네들의 위험을 보고도 무시할 수 없지. 모두가 같은 생각이야."

시드는 여러 감정이 교차하는 얼굴로 고개를 돌렸다. 다들 이 와중에도 웃으며 고개를 끄덕였다.

"메리아, 최대한 떨어져 있어. 그리고 메리아, 약속한 것 있지?"

시드는 시멘 용병단에게 고마움과 함께 결심하며 메리아를 향해 말했다.

마음 같아서는 아직도 시멘 용병단이 빠지기를 바라지만 이 판국에 설득할 시간은 존재하지 않았다.

아니, 시간이 있다 할지라도 결심을 굳힌 시멘 용병단에게 자신의 얘기가 들리지도 않을 테고 말이다.

"응. 만약 정말 위험하면… 약속 지킬게."

메리아의 대답을 들으며 시드는 우드를 향해 눈짓했다. 우드는 귀찮다는 듯 인상을 찌푸렸지만 살벌해지는 시드의 눈빛에 언제 그랬냐는 듯 곁으로 다가왔다.

"자, 이제 그만 기다려 줘도 되겠지?"

그때 나름 배려해 줬다는 듯한 말투로 페이리가 웃으며 말을 꺼냈다.

시드는 쓴웃음을 터뜨리며 그런 페이리를 쏘아봤다. 하나 페이리의 관심은 모두 샤인에게로 몰려 있었다.

'어쩌면 꺼내야 할지도.'

전세가 불리하게 흐른다면 분명히 스로우는 나선다.

그렇게 될 경우 자신은 스로우에게 묶이며, 샤인은 페이리를 상대하기도 바쁠 것이다. 즉, 우드와 용병단은 각자의 힘으로 라탈 급 셋을 상대해야 했다.

그럴 경우, 문제는 라탈 급 셋의 전력을 넘어설 수 없다는 것이다. 우드가 변신을 한다 할지라도 말이다.

그러나 플루닉이라면 얘기가 달라진다.

시드한테는 플루닉이 두 기가 존재했다.

물론 마탈 급의 힘을 잃어 지금은 동시에 여러 기를 움직일 수 없지만 한 기만 해도 전력에 큰 도움이 될 것이다.

가능하다면 리스네와 가까운 저 둘 앞에서는 소환하고 싶지 않지만 어쩔 수 없는 상황이었다.

"좋아, 좋아! 즐겁게 놀아보자고!"

페이리의 외침과 함께 그녀와 뒤에 서 있던 세 명의 라탈 급이 움직였다.

콰아앙!

"쿨럭!"

'속전속결!'

시드는 세 명의 라탈 급 중에서 가장 체격이 큰 남자와 검을 부딪쳤다. 그러자 폭발음과 함께 남자의 입에서 피가 맺혀 흘렀다.

시드가 모든 힘을 끌어올려 맞부딪친 탓이었다. 라탈 급의 힘을 발휘할 수 있는 시간은 5분.

시간을 끌수록 불리했으며, 한 명이라도 빨리 줄여야 도망을 치기도 편했다.

곧바로 플루닉을 꺼낼까도 생각했지만, 스로우가 나설 때 소환해도 늦지 않을 것 같았다. 만약 스로우가 나서지 않는다면 플루닉을 꺼낼 이유도 없고 말이다.

정말 위험해지면 소환하겠지만 아직도 플루닉은 최대한 아껴두고 싶은 마음이었다.

털썩!

"위험해!"

"크윽! 라탈 급들은 괴물이야?"

그런 시드의 곁에서는 여자 라탈 급과 일곱 명의 시멘 용병단이 대립 중이었다.

　다행스럽게도 페이리와 함께 온 라탈 급들이 초급 수준에 머무르고 있었기에 그들로서도 간신히 상대가 가능했다.

　하나, 시멘 용병단에 에트 급은 셋뿐이기에 7:1일임에도 불구하고 위험은 계속해서 이어졌다.

　특히 그녀가 온 힘을 담아 한 명에게 내려칠 때는 7:1이 아닌 1:1이 되기 때문에 목숨조차도 장담할 수 없었다.

　“이거 정말 어렵구먼.”

　벨트라는 쓰러진 스피네를 일으켜 세우며 애써 태연한 척 말했다. 그렇지만 벌써부터 거칠어진 호흡이 상대의 실력을 자세히 알려줬다.

　처음부터 계속해 전력을 끌어올린 채 긴장해야 되니 육체가 빨리 지쳤다.

　‘어떻게든 방법을 찾아야 되는데. 헉!’

　머릿속을 굴리던 벨트라는 순식간에 접근해 검을 내려치는 여자를 발견하며 사색이 된 얼굴로 다급히 생각에서 빠져나왔다.

　콰지직!

　‘으윽!’

　후들후들!

　아무리 실력 차이가 크다고 하지만 여자는 호흡조차 가빠하지 않는데, 자신은 검을 막고 있는 것만으로도 온몸이 떨렸다.

라탈 급이 강하다는 사실은 잘 알고 있다.

시드를 통해 그 역시 충분히 경험했으니 말이다.

하나, 직접 상대해 보니 보고 느낀 것 이상이었다. 괴물! 말 그대로 상식이 통하지 않는 듯한 괴물!

그 괴물 앞에서 시멘 용병단은 하염없이 작아졌다.

"네깟 년이 감히!"

채애앵!

페이리의 검과 변신을 한 샤인의 손톱이 부딪쳤다. 그런 페이리의 표정은 밝지 않았다.

처음에는 이해가 되지 않았다.

리스네가 갑작스럽게 자신들을 호출하더니 그때 놓친 초인족 소녀를 꼭 잡아야 된다고 한 것이다.

이유를 물어보니 아직 알려줄 수 없다는 대답뿐.

그러나 쉽게 보기 힘든, 다급하고 초조한 그녀의 표정으로 인해 그 초인족 소녀한테 무언가 중요한 것이 있다고 추측했다.

그 후, 희열에 들떴다.

스로우로 인해 이 악물고 버려야 했던 자존심을 회복시킬 수 있게 됐다.

그 사실이 너무나 기뻤으며 소녀를 찾는 데 최선을 다했다. 또한 수련도 쉬지 않았다.

다음에 만났을 때는 그날의 수모를 몇 배로 돌려주겠다고 다짐, 또 다짐하며 말이다.

한데, 이미 왕국을 떠났다고 예상되는 소녀를 찾기란 쉽지 않았다.

그래서 혹시나 하는 마음에 4대왕국은 물론 소국들의 항구에까지 사람들을 보냈다.

그만큼 페이리는 소녀를 잡고 싶었고, 리스네 역시 갈망했다.

그들에게 페이리의 기억 속에 있는 소녀의 얼굴을 마법으로 이미지화시켜 보여줬고, 모두는 기다렸다.

그러다 얼마 전, 아카리 왕국에서 드디어 소녀를 봤다는 소식이 들렸다.

소녀는 일행과 함께 있으며, 스파인 왕국으로 향한다는 정보였다.

정보를 접하자마자 리스네는 페이리에게 아폴레의 수하인 라탈 급 셋을 붙여줬고, 그녀는 그들 스로우와 함께 먼저 스파인 왕국에 와 아카리에서 출발한 배 도착 장소에서 기다리고 있었던 것이다.

그런데 예상치 못한 일이 벌어지고 있었다.

물론 전세에는 아무런 지장이 없었다. 하지만 다른 이들이 지는 것보다 더욱 끔찍한 상황이 펼쳐졌다.

자신이 밀리고 있었다.

왜! 왜! 왜! 그토록 이를 악물고 수련을 하고 또 했는데 도대체 왜!

아무리 초인족이라 할지라도 이토록 어린 소녀. 더군다나 그토록 복수를 하기 위해 만남을 기다렸다.

한데 직접 만나도 복수를 할 수 없다니……. 아니, 재차 자존심에 상처를 입게 되다니…….

'무슨 일이 있었던 것이지?

페이리는 이빨을 꽉 깨물었다.

소녀는 과거보다 더욱 절제돼 있었다.

아직도 분노에 사로잡혀 엉성한 점이 보이기는 했지만, 예전에 비해서는 스스로를 어느 정도 조절할 줄 알았다.

더불어 전투 센스나 위기가 닥쳤을 때 대처하는 능력도 좋아졌다.

시드의 수련으로 인한 효과에 페이리는 점점 평정심을 잃어갔다.

'시엘! 시엘! 시엘!'

남은 라탈 급 한 명과 맞서고 있는 우드는 속으로 짜증을 터뜨렸다.

시드를 만난 순간부터 일이 꼬이고 오랜 시간 노에 계약까지 맺었다. 그런데 이제는 목숨을 걸고 싸워야 했다.

'도대체 이놈의 세상이 어떻게 된 거야?

사람들 중 이토록 강한 이들이 많다는 얘기는 들어본 적이 없었다.

한데 시드를 비롯해 계속해서 인간의 한계를 초월한 이들을 만나고 있었다. 지금 눈앞에 있는 라탈 급도 마찬가지였다.

자신의 팔자가 특별한 사람들만 만나고 있는 것이라고는 생각지 못하는 우드였다.

"타하압!"

우드는 기합과 함께 마나를 내뿜었다.

쉐에엑!

동시에 그의 곁에서 순간적으로 마나의 바람이 휘몰아치더니 접근하는 라탈 급을 뒤로 물러서게 만들었다.

후우웁!

그와 함께 우드는 숨을 길게 들이마셨다.

사람의 모습이 된 지금도 마나포를 사용할 수 있었다. 물론 본체일 때가 더 강력하며 전투 역시 편했지만, 시드가 가능하면 본체로 돌아가지 말라고 했기에 꾹 참았다.

푸슈웃!

곧 우드의 입에서 마나포가 발사됐고, 곧 거대한 폭발이 일어났다.

"아저씨! 계속 이럴 거야!"

페이리가 짜증에 가득 찬 목소리로 뒤를 향해 외쳤다. 그곳에는 스로우가 서 있었다.

위험해질 경우 당연히 도와줄 생각이었다. 아무리 페이리가 마음에 들지 않는다고 해도 같은 편이었고, 리스네의 명이 있었기 때문이다.

하나 페이리의 고집과 자만을 고쳐 주고 싶은 마음 때문에 참고 있었는데 이제는 도저히 방관만 할 수 없었다.

상황이 그만큼 좋지 않기 때문이었다.

소년이야 이전에도 상대해 봤기에 자신이 나서지 않는다면 막을 수 없다고 생각했다. 한데, 예상치 못한 또 다른 강자가 존재했다.

허리까지 오는 검은 장발의 남자. 처음 봤을 때부터 왠지 모를 위화감을 느꼈는데, 놀랍게도 그는 라탈 급 초급과 맞서고 있었다.

이때까지는 보도 듣도 못한 기술을 써가면서 말이다.

만약 소년이 라탈 급 한 명을 빠르게 무너뜨리고 동료들과 힘을 합친다면 오히려 전세가 역전될 수 있다.

더 늦어지기 전에 자신이 합류해야 했다.

"이만 끝내지."

시드는 자신을 상대하던 라탈 급에게 검을 겨누며 짧게 말했다.

죽일 마음은 없다. 다만 전투에 합류를 하지 못하도록 만들어야 했다. 그래서 다리를 부러뜨릴 계획이었다.

하나, 그런 시드의 계획은 이뤄지지 않았다.

'결국……..'

시드는 미간을 찌푸리며 고개를 들어 올렸다.

마나가 느껴졌다. 라탈 급의 힘! 그러나 기존에 자신들과 싸우던 셋이 아니었다. 이전에도 경험해 본 적이 있는 기운!

바로 지금까지는 방관하고 있던 스로우의 마나였다.

스로우는 무시무시한 기세로 자신을 향해 달려오고 있었다.

'어쩔 수 없지.'

지금까지는 상황이 유리했다. 우드가 조금씩 힘에 겨워하는 듯했지만 시간을 충분히 끌 수 있었고 시멘 용병단도 마찬가지다.

그들은 오랜 시간 함께 싸워온 호흡으로 여자 라탈 급을 꽤 귀찮게 하고 있었다. 만약 네 명 중 한 명이 에트 급이었더라면 이길 수도 있었을 테다.

처음에는 너무나 강한 개인의 힘 앞에 흔들렸지만 각기 다른 개성과 장점을 하나로 잘 조합해, 곧 정신을 차리고 잘 대처했으니.

더군다나 샤인은 말할 필요도 없다.

수련으로 인해 강해진 실전 감각과 정신력.

그 부분만 해도 페이리로서는 상대하기 어려워지는데 수없이 변신을 하고 푸는 수련을 통해 이제는 변신 시간도 예전보다 길었다.

　그렇기에 시간이 지날수록 페이리는 패색이 짙어질 수밖에 없었다.

　한데, 스로우의 개입으로 얘기가 달라졌다.

　자신이 전력을 끌어올려도 승패를 확신할 수 없는 상대다.

　거기다 이제는 힘을 발휘할 수 있는 시간이 3분밖에 남지 않았으며, 빠르게 초급의 라탈 급을 무력화시킨다고 마나 소비도 컸다.

　하나, 상황이 절망적이지는 않다.

　가능하다면 사용하고 싶지 않았지만 플루닉이 있기 때문이다.

　물론 남은 마나와 몸의 상태로 인해 오랜 시간 소환할 수는 없다. 하지만 스로우만 무력화시키면 됐다.

　적들은 자신이 시한부 라탈 급인 것을 모르기에, 믿음의 핵인 스로우만 무너진다면 분명 덤빌 생각조차 하지 못할 것이다.

　콰지직!

　"합류가 늦었군?"

　스로우의 막강한 기세가 담긴 검을 검으로 막아선 시드는 쓰게 웃으며 말했다. 그러자 스로우는 아쉽다는 어투로 대답했다.

　"자네와 얼른 검을 섞고 싶었지만… 어린아이 버릇을 고쳐 주고 싶어서."

"그렇다면 나는 타락한 당신들의 버릇을 고쳐야겠군."

"설마… 이길 거라고 생각하나?"

"물론."

시드는 그 말과 함께 뒤로 물러서며 귀고리를 꺼냈다.

"자, 나와라!"

스파앗!

노란빛이 세상을 잠식했다. 그러자 싸움이 시작될 때부터 멀리 떨어져 있던 구경꾼들이 감탄성을 내질렀다.

놀란 이들은 그들뿐이 아니었다.

페이리와 스로우, 세 명의 라탈 급, 메리아와 우드, 시멘 용병단들까지.

갑작스럽게 나타난 플루닉에 모두 자신의 눈을 의심했다.

"너, 너는 대체……."

벨트라는 거대한 플루닉과 시드를 번갈아보며 입을 쩍 벌렸다.

플루닉! 정말 대단한 재산가이거나 권력자, 혹은 그에 마땅한 공을 세운 이들이 아니라면 절대 개인이 소유할 수 없었다.

그런 플루닉이 시드로 인해 세상에 나타나다니!

'2분.'

시드는 모두가 경악과 의문의 눈빛을 보내고 있다는 사실을 알지만 대답할 시간이 없었다.

2분! 그 안에 상황을 종료시켜야 했다.

스로우를 쓰러뜨리든지, 아니면 도망을 치든지. 만약 그렇지 못한다면 플루닉까지 꺼내고 죽음을 맞이하게 될지 모른다.

"혼날 준비는 되셨나?"

초조한 마음과는 달리 시드는 여유롭게 스로우를 향해 말했다.

그는 이성적이다. 싸움에서도 절대 흥분하지 않는다. 그라면 지금의 상황이 자신들에게 불리하다고 느끼고 있을 것이다.

최고의 시나리오는 스로우가 불리함을 인정하고 포기하여 돌아가는 것이다.

그렇기에 시드는 더욱 자신만만한 표정을 지었다.

제발 그렇게 되기를 바라면서.

그런데 놀라워하던 스로우의 입가에 미소가 머금어지는 순간, 시드는 불안함을 감출 수 없었다.

스파아앗!

"서, 설마……."

시드의 두 눈동자가 커졌다.

믿고 싶지 않았다. 아니, 믿어서는 안 된다. 믿어버리면 최악의 결과가 나오기 때문에.

그러나 스로우의 손가락에서 폭발적으로 새어 나오는 검

은빛은 시드의 바람을 산산이 무너뜨렸다.

바로 플루닉이었다.

'어서, 어서 와라.'

화려하고 넓은 금빛 의자에 앉은 리스네는 와인을 마시며 기대에 찬 표정을 지었다.

그녀가 기다리고 있는 것은 다름 아닌 샤인이었는데, 리스네는 1분, 1초라도 빨리 만남을 가지고 싶었다.

'설마 놓치지는 않겠지?'

문득 불안한 생각이 들었으나 리스네는 곧 자신을 비웃으며 고개를 저었다.

페이리와 스로우, 거기다 라탈 급 초급 세 명이 동행했다. 상대 중에 마탈 급이 있지 않는 이상 실패란 있을 수 없었다.

더군다나 스로우에게는 플루닉도 존재했다.

자신이 직접 건네준 것으로 에트 급의 플루닉이었다. 즉, 스로우는 라탈 급 두 명의 전력이었다.

'정말 뜻밖의 정보였어.'

리스네는 단숨에 잔을 비우며 만족스런 미소를 지었다.

그러자 곁에 서 가면을 쓰고 서 있던 남자가 천천히 잔을 채웠다.

'설마 초인족에서 그런 일을 했을 줄이야……'

리스네는 두 눈을 감았다. 그리고 소녀의 부모를 만났던 그날을 떠올렸다.

그들은 이때까지 만난 초인족들과 달랐다. 육체적인 능력도 그랬지만 정신력 역시 대단히 뛰어났다.

아무리 고문을 하고 실험을 해도 신음 한 번 내지 않았으며, 질문에 대답도 하지 않았다.

결국 리스네의 결정은 죽여 버리는 것이었다.

이런 상대라면 정신계 마법도 통하지 않으며, 어차피 육체는 따로 쓸 수 있으니 괜찮았다.

또한, 죽이면 얻게 되는 정보도 있었다.

그 이후, 리스네는 상상도 하지 못했던 사실을 알게 됐다.

죽여 버리고 난 다음에서야 실시된 마법. 일명 흑마법이라 불리는 금기시 된 마법이었지만 리스네는 망설이지 않았다.

그런 리스네가 사용한 마법은 다름 아닌 죽은 이의 생전 기억을 더듬는 것이었는데, 리스네는 모든 사실을 알게 되고 한동안 충격을 금치 못했다.

놀라움이 컸다. 그 뒤를 기쁨이 장악했다.

만약 이 기억이 사실이라면, 그 소녀만 잡는다면 자신은 지금보다 더욱 강해질 수 있었다.

그것도 어느 정도 강해지는 수준이 아니다.

소녀만 손에 넣는다면 마탈 급도 무리가 아니었다.

'빨리, 빨리…….'

리스네는 마법 통신구를 보며 속으로 재촉했다.

그 통신구에 비친 리스네의 큰 두 눈동자는 탐욕에 물들어 있었다.

"휘익! 역시 대단하군."

한 남자가 휘파람을 불며 박수를 쳤다.

"이보세요, 당신도 일 좀 하시지?"

"에이, 굳이 나까지 나설 필요가 있나? 라탈 급의 마법사한테 이 정도 일이야……."

"아, 그러세요?"

남자의 능글맞은 태도에 로브를 쓴 30대 여자는 쓴웃음을 지으며 손을 털었다. 그런 여자의 앞에는 오크 20마리가 통구이가 되어 있었다.

"그런데 우리, 밥 안 먹었지 않나?"

"설마 저것을 먹자고?"

남자가 누린내가 진하게 나는 오크 구이를 보며 입맛을 다시자 여자의 안색이 시퍼렇게 변했다.

오랜 시간 함께하면서 그의 식성이 광범위하다는 것은 알았지만 설마 몬스터를 보며 군침을 흘릴 줄은 몰랐다.

"이봐요, 수입도 생겼으니 식당 가서 먹지?"

"뭐, 그래도 괜찮겠지. 그래도 아쉬운데……."

"다음에는 바람계 마법을 써야겠어. 저렇게 익으면 돈도 안 되니.”

여자는 자신의 실수를 안타까워했다.

평소처럼 화염계 마법을 썼다가 오크들이 모두 타버렸다. 가죽을 벗겨서 팔면 돈이 되는데 말이다.

“오오, 그래도 생각은 할 줄 아는군. 다음부턴 조심해.”

“당신이 잡으면 되잖아!”

돌아가는 길에도 계속 능글맞게 구는 남자의 말투에 여자는 결국 울컥하며 소리를 질렀다. 그러자 남자는 귀를 후비며 먼 하늘을 바라봤다.

그러다 우뚝 발걸음을 멈췄다.

그런 남자의 얼굴은 이때까지와는 달리 진지해져 있었다.

“그놈은… 뭘 하고 있을까? 가끔 둘이서 이렇게 하늘을 쳐다보고는 했었는데.”

남자 얘기에 여자 역시 표정이 어두워지며 걸음을 멈췄다.

그놈이 누구인지 잘 알고 있었다.

지금 자신들이 용병 일을 하며 대륙을 돌아다니는 것도 그를 찾기 위해서였으니.

“잘 지내고 있을 거야. 그 사람은 그래. 절대 무슨 일이 있을 리가 없어. 단지 자기 혼자 노는 게 즐거워서 우리를 잊고 있는 것이야. 알잖아?”

“크큭. 그렇지. 대단히 이기적인 놈이었으니.”

“젠장! 오늘은 술이나 한잔 마셔야겠어.”

여자는 뜨거워진 눈을 감추기 위해 로브를 더 깊게 뒤집어 쓴 채 멀리 보이는 여관을 향해 걸음을 재촉했다. 남자는 여자의 뒷모습을 쓸쓸히 쳐다봤다.

그녀는 원래 술을 하지 못했다.

하지만 그가 사라진 그날 이후부터 술을 입에 대기 시작하더니 이제는 웬만한 술꾼도 상대하기 힘들 정도였다.

"여자는 여자군."

남자는 씁쓸히 웃으며 그녀의 뒤를 따라 걸었다.

"하, 하하……."

시드는 말문이 막혀 헛웃음이 새어 나왔다.

스로우의 곁에 나타난 거대하고 무시무시한 기세를 풍기는 검은색 플루닉.

플루닉의 한 손에는 거대한 검이 들려 있었으며, 전설에서나 나오는 상체는 사람이고 하체는 말의 형태를 갖추고 있었다.

"전혀 예상치 못했는걸."

"나 역시 네가 플루닉을 보유하고 있을 것이라고는 생각하지 못했다. 도대체 너의 정체는 뭐지?"

스로우의 말에 시드는 쓰게 웃으며 대답을 회피했다. 그러면서 속으로 안도의 한숨을 내쉬었다.

처음 만났을 때 자신을 낯익어했었다. 그래서 혹시나 플루닉을 보면 정체를 의심하지 않을까 걱정했는데 단숨에 거기까지는 떠올리지 못한 듯했다.

어쩌면 당연했다. 그와 자신은 큰 인연이 없었으니.

'이대로는 진다.'

스로우에게서 시선을 떼지 않으며 시드는 머릿속을 빠르게 굴렸다.

스로우는 마나만 따지면 자신보다 한 수 위다. 그렇지만 실제적인 실력은 대등하다. 스로우가 약한 게 아닌, 자신이 보유하고 있는 마나에 비해 실력이 월등한 것이었다.

그리고 플루닉 역시 같은 에트 급이기에 잠시 동안은 대등한 싸움을 할 수 있었다.

하나 문제는 조금 전 라탈 급을 쓰러뜨린다고 마나의 소비가 큰 점이었고, 시간이 너무 부족했다.

이제 전력을 다할 수 있는 시간은 대략 1분 30초.

그 안에 무슨 수를 내야 하는데, 특별한 방법이 존재하지 않았다.

그렇다고 주변 모두가 위험해질 수 있는 기술을 쓸 수도 없는 노릇이고 말이다.

"우드."

결국 시드는 마나를 끌어올리며 우드에게 자신의 뜻을 전달했다.

스로우와 시드의 팽팽한 기 싸움에 혀를 내두르며 지켜보고 있던 우드는 저도 모르게 대답하려다 입을 다물었다.

자신한테만 말하고 있다는 사실을 알아차렸기 때문이다.

"네, 말씀하세요."

단둘의 대화가 되자 우드는 전처럼 존댓말을 했다.

"지금부터 내가 시키는 대로 해라."

우드의 미간이 찌푸려졌다. 또 무슨 고생을 시키려고!

하나 상황이 상황인지라 티를 내지 않으며 그러겠다고 대답했다.

"그러면 시작해 보지!"

"좋지! 이날을 기다렸네!"

시드는 잠시 우드와 말을 끊은 다음 스로우를 향해 몸을 날렸다. 모두의 시선을 자신들한테 빼앗기 위함이었다.

그러자 스로우는 입가에 미소를 지으며 검에 마나를 집중시켰다.

화르륵!

검이 보이지 않을 정도로 강렬한 마나가 치솟았다.

그는 기뻤다. 눈앞에 있는 소년을 죽이고 싶은 마음은 없다. 그런데 호승심은 끓어올랐다. 오랜만에 만나게 된 맞수! 거기다 같은 급의 플루닉까지 가지고 있다.

그런 소년과 다시 겨룰 수 있으니 왜 기쁘지 않겠는가!

콰아아앙!

"으윽!"

"피, 피해!"

"구경하다가 죽을지도 몰라!"

시드와 스로우의 검이 부딪쳤다. 둘 모두 전력을 다해 휘두른 것이었기에 마나의 폭발이 주변을 휩쓸었다.

그러자 구경을 하던 이들은 폭발에 휩쓸리며 중심을 잃고 넘어져 바닥을 굴렀다. 그뿐 아니라 근처에 있던 배들에까지 손상을 입혔다.

그로 인해 시드와 스로우 근처에는 아무도 존재하지 않았다.

멀리서 떨어져 구경하던 사람들은 달아나 버렸고, 페이리와 라탈 급들, 시멘 용병단과 일행 모두 원래 서 있던 거리에서 뒤로 물러난 탓이다.

그들조차도 가까이 있기 힘들 정도로 시드와 스로우, 두 에트 급 플루닉의 싸움은 무시무시했으며 위협적이었다.

번쩍!

"으윽!"

스로우는 이를 악물며 자신의 몸을 쳐다봤다. 움직이지 않았다. 시드의 플루닉이 능력을 발휘한 탓이다.

시드는 그 틈을 놓치지 않으며 스로우의 팔을 노리며 파고들었다.

한데, 뜻은 이뤄지지 않았다.

지축이 흔들리는 소리와 함께 스로우의 플루닉이 가로막

더니 거대한 검을 내려친 탓이었다.

"커어억!"

트트특!

체중을 실어 위에서 아래로 내려쳐진 검!

시드는 그 검을 막았지만 엄청난 압력에 피를 토했다. 시드가 서 있던 땅이 움푹 파일 정도였다.

내려쳐지는 순간, 플루닉의 검에서 검은 빛깔의 마나가 번쩍였는데 아무래도 특수 능력인 것 같았다.

'제, 젠장.'

결국 시드는 자신의 플루닉을 통해 스로우의 플루닉을 상대하도록 만들었다. 그로 인해 스로우의 마비 상태가 풀렸다.

'피했어야 했는데……'

어차피 검이 워낙 거대해서 정확히 피하기 힘들었던 이유도 있었지만 이 정도로 강력한 타격 일 줄은 미처 몰랐다.

만약 특수 능력의 형태를 미리 파악했더라면 위험하더라도 피하려고 했을 것이다.

'어깨가……'

시드는 양 어깨가 욱신거리는 것을 느꼈다. 검을 들고 있는 것 자체가 고통으로 다가올 정도였다.

이미 힘을 발휘한 지 4분째였기에 더욱 크게 와 닿는 것이었다.

'역시 플루닉을 무시해선 안 되는군.'

마탈 급일 때도 느꼈다. 1초도 안 되는 찰나에 생과 사가 결정되는 대결에서 몸을 마비시키는 능력이나 이처럼 순간적으로 엄청난 데미지를 전달하는 능력.

플루닉들의 특수 능력은 어떻게 활용하느냐에 따라 승패를 결정지을 정도였다.

'이제 한계다.'

채챙! 쾅! 쾅!

쉬지 않고 몰아붙이는 스로우의 검을 막으며 시드는 연신 피를 토했다. 그의 공격에 당한 것은 아니었다.

한데, 몸이 견디지 못하고 있었다.

어느덧 시간은 5분이 다가오고 있었고, 싸울 때부터 큰 차이가 났던 마나의 소비도 한몫했다.

[우드! 내가 스로우를 멈출 수 있는 것은 잠시뿐이다! 그때 변신과 함께 모두를 데리고 달아나!]

"하, 하지만……."

머릿속으로 들려온 시드의 발언에 우드는 표정이 어두워졌다.

하지만 속으로는 심하게 기뻐하고 있었다.

만약 여기서 그가 죽는다면 자신은 꼬리를 더 이상 자르지 않아도 된다. 또한 심장을 부여잡고 있는 족쇄도 사라질 것이다.

동료애라고는 눈을 씻고 찾아도 볼 수 없는 우드!

[다 죽고 싶냐! 그렇게 해! 나도 어떻게든 따라갈 테니!]

[알겠습니다! 제발 죽으시면 안 됩니다!]

'녀석, 그래도 정이 들었구나.'

혼자 착각에 빠진 시드의 생각이었다.

'제발 뒈져라.'

시드의 남우주연상을 위협할 정도의 연기 실력을 갖춘 우드의 생각이었다.

"한눈을 팔 때가 아닐 텐데?"

"큭!"

시드는 등 뒤에서 느껴지는 살기에 입술을 잘근 깨물며 다급히 몸을 비틀었다.

목숨을 노리지 않는 한 수였다. 하나 맞는다면 위험해질 수도 있었다.

촤아악!

"오, 오빠!"

"히유!!"

피가 허공에 튀었다. 피한다고 피했지만 팔의 일부를 헌납해야 했다. 시드의 오른쪽 팔뚝이 반이 잘려 덜렁거렸다.

털썩!

동시에 시드는 검을 떨어뜨리며 한쪽 팔을 부여잡았다.

아프지는 않다. 5분의 시간! 그로 인한 고통이 더욱 몸을 괴롭게 했다. 그렇기에 팔뚝이 반이나 잘린 것은 우스울 정도였다.

그러나 사람이기에 본능적으로 감싸 안은 것이었고, 그 와중에도 시드는 자신을 향해 달려오려는 메리아와 샤인을 보며 우드를 향해 소리쳤다.

이번에는 그한테만 아닌 모두가 들을 수 있도록.

"지금이다!"

우드는 그 말과 함께 물속으로 뛰어들어 가더니 자신의 본래 모습으로 돌아갔다.

스파아앗!

빛이 폭발했다. 그와 함께 모두는 갑작스럽게 나타난 거대한 오로라에 시선을 빼앗겼다. 하나 멍해 있을 틈이 없었다.

우드가 모두에게 웅장한 목소리로 소리쳤다.

"어서 나의 등에 타!"

그 순간 시드는 플루닉의 특수 능력을 발동했다.

번쩍!

플루닉의 빛에 스로우가 마주쳤다. 그의 몸이 굳었다. 그러자 스로우의 플루닉과 돌아가는 상황을 파악한 페이리, 라탈 급들이 샤인을 향해 달리려고 했다.

"너희들은 움직이지 못한다. 으아악!"

시드는 그사이에 벌떡 일어서더니 괴성과 함께 검을 움켜잡았다.

5분이 됐다. 이 와중에 마지막 남은 마나까지 소진시키면 얼마나 끔찍한 고통이 올지, 목숨이 어떻게 될지도 알 수 없다.

하나, 어차피 죽는다면 1%의 희망이라도 있는 길을 선택하려는 것이다.

더불어 그 길이 모두를 안전하게 지킬 수 있었다.

쉐에엑!

"피, 피해!"

시드의 검에서 눈조차 뜨기 힘들 정도로 마나가 응집하자 스로우가 다급히 소리쳤다. 그 소리가 아니더라도 페이리와 라탈 급들은 샤인을 포기한 채 마나로 온몸을 감싸며 몸을 날렸다.

그들도 느꼈다. 저 기술에 맞선다면 죽을지도 모른다는 사실을.

곧 시드의 검에서 반월형의 마나가 일직선을 향해 발출됐고, 그의 플루닉은 역소환됐다. 그러자 스로우 역시 다급히 마나를 끌어올리며 자신의 플루닉 뒤로 몸을 숨겼다.

콰아아앙!

지축이 흔들리는 거대한 폭발이 일어났다.

그리고 먼지가 사라졌을 때, 시드와 일행은 보이지 않았다.

CHAPTER 02
드러난 정체

"쿨럭, 크으윽!"

"오빠! 오빠!"

"히유! 히유!"

"도대체… 무슨 일이야?"

벨트라는 떨리는 입술로 다급히 시드의 상태를 살폈다. 하지만 위험해 보이는 부상은 보이지 않았다.

팔뚝이 심하게 베이기는 했지만 마법으로 얼마든지 치료가 가능했고, 팔뚝이 베인다고 이렇게 죽을 것처럼 되지는 않는다.

"이, 일단 할 수 있는 것은 다 해봐! 부탁드립니다!"

“으, 응.”

“알겠네.”

언제나 짓궂고 밝은 성격의 스피네조차 걱정이 가득한 눈
길로 카네와 함께 시드의 손을 잡았다.

휘처엉!

하나 꼬리가 없는 우드로 인해 균형을 잡기가 쉽지 않았고,
몸이 자꾸 흔들리니 마법을 시전하기 위한 집중도 어려웠다.

“잠시만요.”

결국 스피네는 모두에게 균형을 잡아주는 마법을 시전했
다.

그러자 휘청거려도 조금 전처럼 크게 흔들리지는 않았다.
더불어 우드 역시 어느 정도 거리를 벌리자 속도를 늦추며 치
료를 할 수 있도록 도왔다.

마음은 더욱 위험하고, 빠르게 가고 싶지만 그랬다가는 남
은 이들에게 살해당할지도 모를 일이었다.

다른 인간들은 걱정이 되지 않아도 샤인은 자신과 대등한
싸움을 펼칠 수가 있었다.

또한 시드가 죽지 않을 경우, 자신이 협조적이지 않았다는
사실을 알게 된다면 어떤 고문이 기다릴지도 모르고 말이다.

“후, 도대체 무엇이 문제인지 알 수가 없군.”

“안 돼요. 우리 오빠… 제발 치료해 줘요!”

메리아가 붉어진 두 눈으로 카네에게 사정했다.

믿을 수 없었다. 언제나 그 누구보다 강했던 자신의 오빠가 이렇게 피를 토하며 괴로워하다니……. 그것도 모자라 병명도 알 수 없다고 한다.

"최선을 다하겠네."

카네는 애써 인자하게 웃어주며 자신이 발휘할 수 있는 모든 치료 마법을 시전했다.

정확하게 어디가 아픈지를 알 수 있다면 적절한 치료를 반복해 줄 수 있겠지만 무엇이 문제인지를 모르니 마나의 소비가 크다 해도 할 수 있는 것을 다 해봐야 했다.

그것은 스피네 역시 다르지 않았다.

카네보다 치료 마법에 있어서는 부족한 실력이었지만 그녀 역시 최선을 다해 자신의 마나가 허락하는 한 시드에게 마법을 시전했다.

사아아! 스스스!

시드의 한 손씩을 잡은 둘에게서 연신 마법으로 인한 빛이 쉬지 않고 새어 나왔다.

그렇게 대여섯 번 정도 빛이 시드의 전신을 감싸 안자, 그제서야 시드의 얼굴 빛깔이 살짝 달라졌다.

그러나 말 그대로 아주 조금이지 여전히 시드의 얼굴은 창백했으며, 코와 입, 귀 등에서 피를 뿜어내고 있었다.

다행이라 할 수 있는 점은 팔뚝의 상처가 붙어 그곳에서는 출혈이 없다는 사실이었다.

“일단 할 수 있는 것은 다 했네. 마나가 찰 때마다 계속 반복해야겠지. 그 외 우리가 할 수 있는 것은 출혈을 최대한 막아보는 일과 시엘을 믿고 기다리는 것이라네.”

카네가 이마에서 흐르는 식은땀을 닦으며 말했다.

조금 전 전투로 인해 마나의 소비가 있었고, 채 회복되지도 않았는데 모든 마나를 사용하다 보니 그나 스피네 역시 쓰러지기 직전인 상태였다.

“알겠습니다.”

“히유!”

벨트라가 메리아를 품에 안은 채 달래며 말했고, 눈물범벅인 샤인 역시 시드의 위험을 느꼈는지 결의에 가득 찬 표정으로 힘차게 대답했다.

‘아아… 아아… 으아악!’

시드는 비명을 참지 못하며 내질렀다.

아프다. 아프다. 너무나 아프다. 정말 죽음이 그리워질 만큼 온몸에 통증이 밀려왔다.

칼이 살을 베었고, 무수한 바늘이 내부를 찌르고 후벼 팠다. 불에 타는 듯한 끔찍한 괴로움도 해일처럼 덮쳤다.

하나, 벗어날 힘이 없었다.

어둠. 자신은 어둠에 있었다. 한 치 앞도 보이지 않는 칠흑 같은 어둠.

그 속에서 유일한 탈출구가 있다면 위에서 내려오는 빛이었다. 마치 우물의 입구처럼 그곳만큼은 새하얗고 따스했다.

저기로 간다면, 갈 수만 있다면 지금의 이 고통은 모두 사라질 것 같았다.

그런데 몸이 움직여지지 않았다.

아무리 이를 악문 채 통증을 이겨내며 헤엄치려고 해도 몸이 따라주지 않았다.

손가락 하나, 발가락 하나 움직일 힘조차 존재하지 않는 것이다.

그뿐 아니라, 조금씩 멀어지기 시작했다.

올라가야 하는데, 여기를 벗어나야 하는데……. 간절히, 정말 간절히 바라고 또 바랐다. 하지만 몸은 깊이를 알 수 없는 어둠으로 추락할 뿐이었다.

그러나 포기할 수는 없었다. 이대로 어둠에 잡아먹힐 수 없었다.

시드는 입술을 잘근 깨물었다. 그리고 있는 힘을 다해 손을 뻗었다.

실패한다 할지라도 절대 포기를 하지 않으며.

“뭐라고요?”

마법 통신구를 통해 연락이 왔을 때, 리스네는 기쁜 마음으로 통신구를 손에 쥐었다.

가슴이 두근거렸다. 표정 관리가 뛰어난 그녀였지만 지금 순간만큼은 불가능했다. 주위에 가면의 수하 한 명이 있는 것도 이유이나, 앞으로 듣게 될 내용으로 인한 기대 때문이었다.

하나 리스네의 꿈꾸던 미래는 유리처럼 순식간에 깨져 버렸다.

"다, 다시 말해보세요."

얼마나 당황했는지 그녀는 말까지 더듬었다. 전혀 생각지도 못했던 얘기를 들은 탓이다.

"죄송합니다. 놓쳤습니다."

스로우의 떨리는 목소리가 전해졌다. 일어서 있던 리스네는 저도 모르게 중심을 잃으며 휘청거렸다.

그 순간 곁에 있던 남자가 순식간에 그녀를 부축했고, 리스네는 아파오는 이마를 부여잡은 채 자리에 앉았다.

"도대체 어떻게 실패를 하죠? 페이리야 그렇다 치더라도 라탈 급이 네 명이었어요! 더군다나 스로우 당신은 플루닉까지 가지고 있지 않나요?"

리스네의 목소리가 높아졌다.

스로우한테 이렇게 화를 내는 경우는 존재한 적이 없었다.

그만큼 초인족 소녀를 꼭 원했다. 정말 간절하게 바라고 또 바랐다.

"그게……."

통신구를 부여잡고 있던 스로우는 입술을 잘근 깨물었다.

졌다. 만약 계속 싸웠더라면 이겼겠지만 결과적으로는 패배한 꼴이었다. 자신들은 소녀를 얻지 못했고, 그들은 지켰으니.

결국 스로우는 긴 한숨과 함께 얘기를 시작했다.

"라탈 급 넷으로도 쉽게 소녀를 빼앗을 수 없었습니다."

리스네의 미간이 찌푸려졌다.

스로우는 절대 자신한테 거짓말을 하지 않는다. 너무나 미련할 만큼 정직한 사람이라 잔꾀를 부리지도 않았다. 진실이라는 뜻이다.

한데 믿겨지지가 않았다.

라탈 급 총 다섯의 전력이었다. 그렇다고 스로우가 초급의 라탈 급도 아니었다.

"한 소년이 있었는데… 그 소년이 라탈 급이며 플루닉이 있었습니다. 실력은 저와 큰 차이가 없을 정도입니다."

"소년?"

리스네는 되물었다. 소년이라……. 소년이 스로우와 맞먹는 실력을 갖추고 있다? 있을 수 없는 일이다.

아니, 잠깐, 잠깐.

리스네의 두 눈동자가 크게 떠졌다. 상식적으로는 분명히 불가능했다. 그런데 과거에도 상식을 파괴한 소년이 있었다.

자신이 애타게 찾고 있으나 찾을 수 없었던 생사를 알 수 없는 소년이.

"그 소년이 몇 살 정도죠?"

"겉으로는 스무 살 정도로 보였습니다만… 정확한 나이는 알 수 없습니다."

"스무 살……."

리스네는 그때를 떠올렸다.

당시 시드의 나이는 열 살이었다. 그렇지만 생긴 것만 따지면 열다섯 살로도 볼 수 있을 정도였다.

나이에 비해 성숙했고, 체격도 좋은 편이었으니.

시드가 사라지고 5년, 얼추 나이 대는 맞았다.

"그 소년에 대해 자세히 알려주세요."

"네? 네. 잘생긴 편이었습니다. 머리카락 색과 눈동자는 검은색이었고 키도 큰 편이었습니다. 특이한 점이 있다면 마나가 저보다 부족했습니다. 중급에 다다른 수준인데… 그 외 모든 면에서 저를 능가해 대등하게 맞설 수 있었던 것 같습니다."

"검었다고요? 머리카락과 눈동자 색깔은 얼마든지 바꿀 수 있어요."

"네? 설마……."

스로우는 그때서야 그녀가 말한 의미를 알 수 있었다.

"그 소년을 생각하시는 건가요? 그러고 보니……."

스로우는 떠올렸다. 처음 봤을 때 왠지 낯익어한 자신

을…….

"가능한가요?"

뜬금없는 리스네의 질문에 스로우는 침묵을 지켰다. 곧 리스네가 다시 알려주리라는 사실을 잘 알기 때문이다.

"5년 동안 라탈 급이 될 수 있나요?"

"아참, 그 부분을 잊었군요. 그 시드라는 소년은 마탈 급이었고, 제가 만난 소년은 라탈 급이었습니다."

스로우가 낯익었음에도 의구심을 품지 않았던 이유이다.

마탈 급이 갑자기 라탈 급이 될 수 없었다. 물론 누군가에게 힘을 줬다던가 하면 또 모르겠지만.

"아뇨. 그 부분은 중요하지 않아요. 가능한가요? 아무런 힘도 없는 상태에서 5년 만에 라탈 급이 되는 것이."

스로우는 의아함을 느꼈지만 캐묻지 않았다. 자신은 리스네를 위해서 살아가기만 하면 되는 것이다.

물어보면 대답하고, 임무를 내리면 완수하고.

"불가능합니다. 단……."

"단?"

"그런 일이 있을 수는 없겠지만… 시드라면 얘기는 달라집니다. 이미 마탈 급의 깨달음과 육체를 가진 그라면 모든 힘을 잃어도 5년에 라탈 급이 가능할지도 모릅니다."

리스네는 여러 가지 생각에 두통이 밀려옴을 느끼며 마지막으로 물었다.

“플루닉의 생김새와 능력에 대해서 알려주세요.”

피의 눈물에게 들었다. 어떤 플루닉을 빼앗겼고, 특수 능력이 무엇인지. 만약 일치한다면, 일치한다면 심증뿐 아니라 물증마저 생기는 것이다.

그리고 드디어 알게 되고 찾게 된 것이다.

이세스의 비밀을 알며, 제물이 된 시드가 살아 있고, 어디에 있는지를!

“네. 그 플루닉은…….”

리스네는 기억을 떠올리며 스로우의 얘기를 들었다. 그 후, 길게 심호흡을 하더니 자리에서 벌떡 일어서며 외쳤다.

“찾아요! 꼭, 꼭 찾으세요! 무슨 일이 있더라도!!”

“도대체 이것들은 어디로 사라진 거지?”

페이리가 붉은 단발머리를 흐트러뜨리며 짜증난 어조로 내뱉었다. 그런 페이리의 두 눈동자에는 독기가 서려 있었다.

자존심도 상했고 임무까지 실패했으니 그녀에게 있어서는 가장 치욕적인 하루였다.

“언젠가는 찾을 수 있겠지.”

반대로 스로우는 여전히 침착한 표정으로 차분하게 말했다.

하나 평소 술을 즐겨 마시지 않는 그 앞에 놓인 술잔은 초조한 마음을 잘 알려줬다.

"아저씨가 처음부터 나섰으면 이러지도 않았을 것 아냐!"

적당한 선에서 마음을 달래고 있는 스로우와 달리, 과하게 마셔 취기가 오른 페이리가 소리쳤다.

스로우는 그 모습을 바라보며 따스하게 웃을 뿐 아무런 대꾸를 하지 않았다.

반박하려면 얼마든지 할 수 있다. 자신이 처음부터 전투에 참여했더라도 결과가 똑같을 수도 있었으니.

그러나 반대로 결과가 달라질 수도 있었으며 괜한 말다툼은 하고 싶지 않았다.

"아, 놓친다면… 끔찍하다."

페이리는 한숨과 함께 고개를 저었다.

리스네의 실망하고 화가 난 표정이 눈앞에 나타난 듯 또렷하게 보였다.

더군다나 그녀가 이토록 무언가를 바란 적도 없었기에 더욱 초조했다.

"꼭 찾아야지."

스로우는 그 말과 함께 술잔을 비운 뒤 두 눈을 감았다.

놀랐다. 자신이 싸웠던 소년이 그토록 찾아 헤맸던 시드일 줄이야. 결과적으로 자신은 은인에게 검을 겨눈 꼴이었다.

아무리 죽일 마음은 없었다 하더라도 시드는 평생 잊을 수 없는 은인이었다.

만약 그때 시드와 카란이 도와주지 않았더라면 가족들이

끔찍한 비극을 겪었을 수도 있으니 말이다.

또한 자신 역시 지금 이렇게 있지도 못할 것이며, 지워지지 않는 상처의 흔적에서 헤맸을 테니.

한데 그런 은인을 알아보지 못했고, 검을 겨눈 것도 모자라 팔에는 끔찍한 상처까지 남겼다.

‘꼭 찾아야 하는데…….’

스로우는 가족들을 구한 그날을 떠올렸다.

가족들을 찾고 기뻐하기만 했다. 고마워서 울기만 했다. 무사해서 다행이라고만 생각했다. 그리고 채 정신을 차리고 보답을 하기 전에 시드가 사라졌다.

‘그래도 이제는 찾았다. 갚아줄 기회가 있어.’

물론 상황은 좋지 않았다. 적으로 만나 상처까지 입혔으니 말이다.

하나, 죽었더라면 자신의 진심을, 보답할 기회조차 없을 것이다. 그 상황보다는 차라리 지금이 나았다.

쪼르륵.

사색에서 빠져나온 스로우는 잔에 술을 따랐다. 맑은 액체가 비워져 있던 작은 잔을 가득 채웠다.

“그런데… 소년은 왜 찾는 거야?”

그때 페이리가 고개를 갸웃거리며 물었다.

그녀는 리스네와 직접적으로 대화를 나누지 않았기에 시드의 정체를 모르고 있었다. 다만 아까는 너무 흥분해서 소년을 찾아야 되는 이유가 궁금하지도 않았고, 물어보지도 못했던 것이다.

스로우는 굳이 숨길 이유가 없기에 대답했다.

"기억하고 있으려나. 5년 전, 마탈 급의 소년을."

"마탈 급의 소년? 으음. 헉! 설마 그 애? 이름이 뭐였지?"

"시드."

"맞아! 하, 하하! 그 남자가 시드였어?"

페이리는 놀람과 반가움이 가득한 표정으로 되물었다.

그녀 역시 시드를 기억하고 있었다. 아니, 어떻게 잊을 수 있겠는가! 그 어린 나이에 마탈 급인 것도 모자라 프리야 공작이 처음으로 제자로 받으려고 했던 아이.

그런데 갑자기 사라져서 모두가 의아해했는데 이렇게 다시 만날 줄이야.

"리스네도 그렇겠지만 프리야 공작님도 좋아하시겠는걸."

"그렇겠지."

시드를 찾는 것은 리스네뿐만이 아니었다. 프리야 공작 역시 마찬가지였다.

"참 복잡하게 됐어. 그 시드와 적으로 맞섰다니. 잠깐, 시드, 마탈 급 아니었어?"

스로우는 고개를 끄덕이며 대답을 대신했다.

페이리는 답을 구하는 듯 쳐다봤지만, 사실 자신 역시 아는 부분이 없었다.

분명 시드는 5년 전에 마탈 급이었다. 그렇다면 지금은 그때보다 더욱 강해져 있어야 하는 것이 당연했다.

하지만 오히려 그때보다 약해진 라탈 급이었다.

“무슨 일이 있었겠지. 나 역시 알 수 없군.”

페이리의 시선을 이겨내지 못하며 스로우가 말문을 열자, 페이리는 어깨를 으쓱하며 관심을 꺼버렸다.

자신들끼리 아무리 토론해 봤자 정답이 나오지 않는 일에 매달리는 성격이 아니었다.

“그건 그렇고… 시드, 많이 멋있어졌더라?”

“그래, 그때도 잘생긴 편이었지만.”

스로우는 쓰게 웃으며 동감했다.

5년 만에 만난 시드는 많이 변해 있었다. 말투나 실력도 그랬지만 외형도 변화 중 하나였다.

늠름해진 체격에 여자들이 꽤 따라붙을 듯한 얼굴. 열 살 때에 비해 더욱 완성된 모습이었다.

“리스네도 그렇게 기다렸으니… 꼭 찾아내야지.”

페이리가 남은 술을 마저 털어 마시더니 결의에 찬 눈동자로 스로우를 쳐다봤다. 그녀 역시 리스네와 시드의 숨겨진 진실에 대해 모르고 있었다.

“그래야지. 너는 쉬고 있어라. 나는 돌아볼 테니.”

자리에서 일어선 스로우는 술에 취한 페이리에게 말한 후 밖으로 나왔다.

이미 많은 이들이 그들을 추적하고 있어 굳이 나설 필요는 없지만 언제까지 기다리고만 있을 수는 없었다.

"잠시 다녀오겠습니다."

"도와드릴 일이라도?"

"아닙니다. 괜찮습니다."

밖으로 나온 스로우는 입구를 지키고 있던 기사에게 따스한 웃음으로 거절하며 걸음을 옮겼다.

현재 스로우와 페이리는 스파인 왕궁에 머무르고 있었다.

리스네가 그렇게 하라고 시켰고, 대화를 마치자마자 왕궁을 찾아 협조를 구했다. 스파인 왕궁에서도 받아들였고 말이다.

그들로서는 거절할 이유가 없었다. 리샤르 왕국의 공작이자 또 다른 공작인 아폴레의 제자인 리스네와 친분을 만든다면 오히려 환영할 일이었다.

그래서 현재 시드와 일행을 찾는 것은 리샤르에서 급하게 넘어온 리스네의 수하들뿐만 아니라 스파인 왕국도 마찬가지였다.

"시드, 어서 만나고 싶군요."

왕궁을 벗어난 스로우가 문득 하늘에 떠 있는 달을 보며 중얼거렸다.

"와! 달 예쁘다."

"허허. 그러게 말이네."

스피네가 애써 밝은 표정으로 달을 쳐다보며 말하자, 스피네가 무안하지 않게 카네가 받아줬다.

하나, 둘의 노력에도 불구하고 모두의 어두운 표정은 쉽게 풀어지지 않았다. 시드가 아직도 깨어나지 못한 탓이다.

"괜찮을까요?"

둘이 자리에 앉자 메리아가 퉁퉁 부운 눈으로 물었다. 스피네는 메리아의 손을 따스하게 꼭 잡아줬다.

"처음보다는 많이 안정됐어. 염려 안 해도 돼."

"진짜죠?"

"그럼! 그렇죠?"

"그렇다네."

확인 사살을 위한 스피네의 질문에 카네가 동의했다.

확신할 수는 없지만 호흡도 많이 편안해졌으며, 더 이상 비명을 지르며 괴로워하지도 않았다.

"고생하셨습니다. 너도."

수척해진 벨트라가 희미하게 웃으며 말했다.

그는 잘 알고 있었다. 둘이 아무렇지 않은 척하지만 당장 쓰러져도 이상하지 않은 상태라는 것을.

하루 종일 쉬지 않고 마나를 불어넣으며 치료 마법을 시전했기에 육체는 물론 정신 역시 극도의 피곤함에 시달리고 있을 것이다.

“그런데 우드는 왜 이렇게 안 와?”

곁에서 메리아를 계속 걱정하던 트라이가 중얼거렸다.

오로라라는 사실이 알려진 우드는 물고기를 잡기 위해 바다로 들어간 상태였다.

모두 식욕은 없으나, 언제 위험이 닥칠지 모르기에 체력을 비축해야 했다.

그런데 꽤 시간이 흘렀음에도 나타나지 않고 있었다.

“내일까지는 깨어나면 좋을 텐데.”

벨트라의 시선이 시드에게로 향했다. 시드는 모포가 깔린 해변 한쪽에 누워 있었다.

“그러게 말이야. 어서 이곳에서도 벗어나야 하고.”

스피네가 길게 한숨을 내쉬었다.

원래는 곧바로 마르트 왕국으로 향하려고 했다.

시드만 생각하면 마을로 돌아가 신관과 마법사들을 불러 치료를 해야 했지만, 적들이 분명 자신들을 찾고 있을 마당에 그럴 수는 없었다.

시드가 힘을 못 쓰는 지금, 맞닥뜨리게 된다면 100% 붙잡히거나 죽게 될 수밖에 없으니.

한데, 마르트 왕국으로 가는 데에도 문제가 존재했다.

우드의 말에 의하면 꼬리가 없기 때문에 오랜 시간 헤엄을 칠 수 없다는 것이다. 또한 일행을 태우고 있어 빠르게 갈 수도 없고 말이다.

그로 인해 현재 위험을 감수하고 인적이 드문 작은 해안가에서 불안한 휴식을 취하고 있었다.

모닥불을 피우면 그 불빛으로 인해 사람들이 올까 봐 불도 피우지 못한 채 말이다.

촤아악!

그때였다. 소음과 함께 우드가 모습을 드러냈다.

쿠웅! 쿠웅!

본체로 변신한 우드로서는 최대한 살금살금 걸었으나 무게가 무게인지라 땅이 울렸다. 그러나 모두는 염려하지 않았다.

스피네가 주변에 소리가 새어나가지 않는 마법을 시전해 놨기 때문이다.

"물고기는?"

벨트라가 우드를 보며 물었다.

정체를 알게 됐지만 우드가 이전처럼 대하라고 했기 때문에 가능한 행동이었다.

물론 우드로서는 당연히 존댓말을 듣고 싶었으나, 시드가 알게 된다면 어떤 봉변을 당할지 모르기에 꾹 참았다.

"우우욱!"

벨트라의 얘기가 나옴과 동시에 우드는 입을 크게 벌리더니 무언가를 뱉어냈다.

주르륵! 털썩! 털썩!

그와 함께 수많은 물고기들이 우드의 거대한 입에서 모습을 드러냈다. 끈적끈적한 침이 가득 묻은 채.

"……."

모두는 가자미처럼 가는 눈동자가 되어 우드를 쳐다봤다.

물고기들은 뱉어낸 우드는 어느새 사람의 모습으로 변한 상태였다.

"이걸 먹으라고?"

"그러면?"

시드를 한 번 힐끔 쳐다본 우드는 이전과는 달리 반말을 했고, 그 누구도 거기에 대해 반감을 가지지는 않았다.

"저렇게 침이 한 가득인데?"

"오로라의 침은 보약이다."

전혀 검증되지 않은 발언!

당연히 모두는 믿지 않으며 우드를 빤히 쳐다봤다. 아니, 진짜라 할지라도 일단 더럽지 않은가!

그러나 물러설 우드도 아니었다.

일부러 엿 먹으라고 입안에 담아왔다. 혀까지 돌려 침을 골고루 묻히기도 했다. 포기할 수 없었다.

"알려지지는 않았지만 오로라의 타액은 남자들에겐 밤일을 무사태평하게 해주며, 다음날 아침 밥상이 달라지게 만들어준다. 그뿐 아니라 여자들한테는 피부 미용에 탁월하다!"

"저, 정말인가!"

"그럼!"

당장 약장수를 해도 될 우드의 말발!

그 거짓된 혀에 가장 먼저 속아 넘어간 이는 다름 아닌 트라이였다.

"자네는 혼자이지 않은가?"

그런 트라이가 이해되지 않는 듯 카네가 의아함을 담아 물었다.

그러자 트라이는 어둠 속임에도 불구하고 모두의 시선이 집중됐다는 사실을 느끼며 어색하게 웃었다.

"하, 하하! 미래를 대비해서 나쁠 일은 없죠! 우리 메리아를 실망시켜서는 안 되니!"

"트라이 아저씨… 관은 제가 짜드리죠."

"그래. 관은 시엘 네가… 응?"

"……."

은연중에 본심을 말하고 대답까지 한 트라이는 웃는 얼굴로 천천히 고개를 돌렸다. 그리고 볼 수 있었다.

으드득! 으드득! 주먹을 풀며 일어서는 시드가.

"오빠! 괜찮아?"

"너, 도대체 어떻게 된 거야?"

"자네, 조금 더 쉬는 게 어떤가?"

"하, 하하!"

일어서자마자 집중되는 시선과 질문에 시드는 어색하게 웃으며 몸을 풀며 대답했다.

"오빠, 괜찮아. 걱정하지 마. 그리고 저 이제 다 나았으니 염려 마세요."

그런 시드의 말에도 모두의 표정은 쉽게 밝아지지 않았다. 그만큼 낮에 보여준 시드의 상태는 큰 충격이었다.

"정말이지?"

벨트라가 가까이 다가와 보기 힘든 진지한 얼굴로 묻자, 시드는 시선을 피하지 않으며 고개를 끄덕였다.

정말 몸 상태가 괜찮아졌으며, 무리를 하지 않는 이상 상태가 악화되지 않았다.

과거 라탈 급의 힘을 처음으로 되찾았을 때 몇 번이나 실험해 봤다.

"그렇다면 정말 다행이고… 아잉, 놀랐잖아!"

"캑! 누나! 그놈의 손 좀 제발!"

어느새 슬금슬금 곁으로 다가와 엉덩이를 희롱하는 스피네.

시드는 질색하는 표정과 호들갑스러운 몸놀림으로 황급히 재차 덮쳐 오는 손길을 피했다. 그때서야 모두의 입가에 웃음이 머금어졌다.

두들겨 맞아 뻗어 있는 트라이를 제외하고 말이다.

"자, 이제 얘기를 해주게나."

잠시의 소동이 끝난 뒤, 시드와 모두는 원을 그리며 마주 앉았다. 그리고 마주 보고 앉아 있는 카네가 말문을 열었다.

그런 카네를 쳐다보며 시드는 길게 숨을 내쉬었다.

저들은 위험에 빠뜨리고 싶지 않아 말하지 않았었다. 굳이 자신의 얘기를 떠벌리고 싶지도 않았고 말이다.

하나, 결과적으로 시멘 용병단은 거대한 적을 두고 말았다. 그것도 자신으로 인해서 말이다.

그들이 원한 것은 샤인이지만 시멘 용병단은 자신을 위해서 이곳까지 함께 왔으며, 싸웠으니.

단, 계속해서 고민하는 부분이 있었으니, 과연 어디까지 솔직하게 말해야 하는 점이었다.

현재 모두가 궁금해하는 점은 플루닉에 관한 것이다. 그러니 플루닉을 얻은 부분만 알려주면 된다.

자신의 과거는 거짓으로 꾸며내면 그만이고 말이다.

하지만 시멘 용병단은 이제 도망자의 신세가 되어버렸다.

페이리는 집요하다. 샤인을 얻으면 순순히 돌아갈 성격이 아니었다. 분명 함께한 모두에게 앙갚음을 하려 할 테다.

물론 샤인을 얻을 경우 순순히 돌아간다 할지라도 넘겨줄 마음이 없지만.

그리고 이렇게 된 판국에 시멘 용병단은 자신들만 두고 돌아가지 않을 것이다. 리스네와 적이 될 수 있음에도 맞선 그들이 아닌가.

거기다 리샤르 왕국으로 돌아가는 것도 위험하고 말이다.

한마디로 이제 같은 배를 타야 한다는 뜻이었는데…….

'같이 가야 하는 건가?'

시드는 시멘 용병단 한 명 한 명을 쳐다봤다.

어둠은 시드에게 아무런 방해가 되지 않았다. 모두의 눈동자가 시야에 들어왔다.

아직도 쓰러져 있는 스피네와 모두의 만류에도 불구하고 끝끝내 작은 불을 피우고 물고기로 요리를 준비하는 아이니도 보였다. 아이니에게 붙잡혀 강제로 시식을 하며 울상인 우드도.

'어떻게 해야 될까.'

시드는 답답함을 느끼며 재차 길게 숨을 내쉬었다. 그리고 하늘을 쳐다봤다. 오늘따라 유독 달이 밝아 보였는데, 그 속에 그리폰의 얼굴이 스쳐 지나갔다.

시드는 물었다, 당신이라면 어떤 결정을 내리겠냐고.

곁에 없다 할지라도 그리폰은 여전히 시드의 가장 큰 조력자였다.

"알겠습니다. 모두 얘기하도록 하죠."

결국 시드는 결심을 내리며 말했다. 그때였다. 맛있는 향기가 가까이 오더니 아이니와 우드가 나타났다.

"일단 먹고 얘기하지."

변함없이 얼음장 같은 말투.

긴장감 속에 침을 꿀꺽 삼키던 모두의 이마에서 식은땀이 흘러내렸다.

"이, 있다가 먹으면 안 되겠나?"

카네가 다급히 중재를 하기 위해 나섰다. 드디어 중요한 얘기를 듣게 됐는데 저 요리를 먹었다가는 죽을지도 모른다.

하나 제아무리 카네라 할지라도 아이니의 살기 어린 눈빛에는 시선을 돌릴 수밖에 없었고, 이미 맛을 본다고 위가 희생당한 우드까지 합세해 아이니의 편을 들고 나섰다.

그러나 우드는 아직도 시드를 제대로 파악하지 못했다.

우드가 나섬과 동시에 기회를 포착하며 두 눈을 반짝이는 시드!

"이 맛있는 요리를 먹지 않는다는 것은 아이니 누님에 대한 모독입니다!"

"호오, 그렇게 맛있어?"

"그래! 아, 아니, 그렇습니다!"

반말을 했다가 정체를 들킨 사실을 떠올리며 존댓말로 수정하는 우드.

"그런데 어쩌지? 나는 지금 막 깨어나 생선 요리를 바로 먹을 수 없어. 시간이 조금 지나야 돼. 또한 모두들 지금 별로 배가 고프지 않은 듯하고."

시드의 얘기에 다들 주먹을 불끈 쥐며 보이지 않게 응원

했다.

먹고 싶지 않았다. 차라리 굶는 게 낫다. 거기다 저 물고기들은 우드의 입안에서 침이 가득 묻지 않았던가!

"그러니… 그렇게 맛.있.다.면. 우드 네가 다 먹어. 뭐, 더럽게 맛없는데 거짓말한 거라면 먹지 않아도 돼."

기회는 절대 놓치지 않는 시드의 말발!

그로 인해 모두의 시선이 자신한테 쏠리자 우드는 말까지 더듬었다.

몇 번 맛을 볼 때만 해도 속이 뒤틀리는 줄 알았다. 정말 마음 같아서는 아이니를 밟아버리고 싶은 심정.

하지만 시드로 인해 어쩔 수 없이 맛까지 봤는데 이젠 또 독박을 쓰게 생겼다.

만약 저 많은 양을 혼자서 다 먹는다면 아무리 오로라인 자신이라도 무사하지 못할 터. 몬스터조차 어이없어할 맛이 아닌가!

"안 됩니다! 다, 다 같이 나눠 먹어야 더 맛있는 법이지 않습니까!!"

어떻게든 자신의 양을 줄이고 모두와 함께 엿 먹기 위한 얄팍한 속셈!

그러나 상대는 시드였다.

"물론 그렇지만 아쉽게도 지금은 다들 속이 안 좋잖아. 그러므로 지금은 네가 다 먹어. 그렇게 맛있다니 특별히 양보할

게. 괜찮죠, 누나?"

"그래. 누가 먹든 다 먹으면 되니까."

확인 사살을 위해 아부를 떨고 허락까지 받는 센스.

스윽!

"우드, 나의 요리를 그리 맛있어할 줄은 몰랐군. 많이 먹어라."

"……."

우드는 울상이 되어 모두를 바라봤다.

우드의 눈동자에는 조금 전 어떻게든 같이 죽으려던 의지는 온데간데없고, 제발 구해주세요, 하는 간절함만이 가득했다.

하나 돌아온 것은 모두의 외면이었으나, 그런 우드가 가여운지 시드가 다가가 환하게 웃으며 격려했다.

"정말 토 나오고 아이니 누나를 때려죽이고 싶은 맛이라면 안 먹어도 돼. 강요는 안 한다?"

"……."

참으로 친절한 격려였다.

"제 얘기를 들으신다면 돌이킬 수 없게 될지도 모릅니다."

요리를 모두 해치운 우드가 트라이 옆에 뻗어 생사를 헤맬 때, 잠시 피웠던 작은 불을 끄고 모두가 둘러앉자 시드가 고개를 들며 말했다.

자신이 얘기를 꺼내서 시멘 용병단이 더 위험해질 수 있었다. 물론 함께할 때의 얘기였지만 말이다.

그러나 반대로 페이리와 악연을 맺게 된 저들의 손을 놓는 것도 불안했다.

자신이 곁에 있다면 지켜줄 수라도 있지만, 만약 자신이 없는 와중에 적들과 만난다면?

사람에게는 언제나 두 갈래 길이 펼쳐져 있다. 그 두 길 중 후회가 없는 길은 존재하지 않는다. 단지 후회가 적은 길을 선택할 뿐이다.

지금도 마찬가지다. 시멘 용병단 앞에 펼쳐진 두 길은 둘 다 위험 요소가 가득하다.

이유는 알 수 없지만 리스네가 그토록 샤인을 원하는 만큼, 시멘 용병단 모두가 마법으로 얼굴이 알려졌을 테고, 추적을 당할 테니.

그렇기에 결정을 시멘 용병단에게 맡긴다.

그들 역시 지금의 상황을 잘 알 테고, 자신과 떨어지지 않으면 언젠가는 진실을 알게 될 테니 애초에 지금 모든 것을 알려주고 결정을 내리는 편이 나았다.

함께 하든, 아니면 흩어지든.

곧 시드는 전생과 출생에 대한 부분을 뺀 채 리스네와의 만남부터 많은 것을 얘기했다.

"노, 놀랍군. 진짜야? 아니지. 네가 거짓말을 할 이유가 없으니."

벨트라는 입을 가린 채 횡설수설했다. 그 정도로 시드의 얘기는 충격적이었다.

열 살이라는 어린 나이에 마탈 급에 올랐으며, 리스네와 맺게 된 인연은 악연이 됐다. 그뿐 아니라 그 오랜 시간 그 누구도 알아내지 못한 이세스의 진실까지.

분명 평범하지는 않을 것이라 예상했으나 프리야 공작에게 처음으로 제자의 권유를 받는 등 믿을 수 없는 존재였다.

"오빠."

메리아가 시드의 손을 꽉 잡아줬다.

그녀 역시 처음으로 듣게 된 얘기였으며, 가슴이 아파왔다. 이토록 깊은 상처와 원한이 가슴에 가득 자리하고 있을 줄은 몰랐다.

"히유."

샤인 역시 자세히는 이해 못해도 애써 웃고 있는 시드에게서 느껴지는 슬픔을 알아차렸는지 그의 반대편 손을 잡으며 힘을 전했다.

두 소녀의 마음씀씀이에 시드는 진심으로 고마움을 느끼며 둘의 머리를 쓰다듬어 줬다.

"그렇다면 자네는… 부딪칠 생각인가?"

"네, 그렇습니다."

"허헐. 리, 리스네 공작과? 그녀의 뒤에는 아폴레 공작도 있어!"

벨트라가 고개를 절레절레 흔들며 소리쳤다.

안다. 모든 힘을 빼앗기고 죽음의 문턱까지 드나들게 한 리스네를 얼마나 갈망하는지.

하나 계란으로 바위 치기였다. 마탈 급의 힘을 가지고 있다 해도 결과는 달라지지 않을 텐데, 그 힘도 없지 않은가!

"그래서 계란을 단단하게 만드는 중입니다."

"시드……."

벨트라가 안쓰러운 눈길로 시드를 쳐다봤다. 시드의 얘기를 들으면서 진짜 이름도 알게 됐다.

"저에게 다른 길은 존재하지 않습니다. 제가 그녀를 찾고 싶지 않더라도 그녀는 언젠가 저를 찾아낼 것입니다. 어쩌면 이제는 제가 살아 있다는 사실을 확신할 테니, 집요하게 저를 궁지로 몰 것입니다. 어차피 하나는 쓰러져야 끝나는 싸움입니다."

무거운 침묵이 흘렀다. 평소의 밝은 분위기가 가득한 시멘 용병단은 없었다.

언제나 짓궂게 장난을 치는 스피네조차 굳은 얼굴로 생각에 잠겨 있었다.

"그렇겠지. 정말 자네의 말대로라면 이세스의 비밀을 알고 있는 자를 살려두지 않으려 할 테지."

카네가 시드의 얘기에 동의하며 고개를 끄덕였다.

어떤 길을 택하든 도착 지점은 같다. 그렇다면 맞받아칠 준비를 하는 것이 현명하다. 또다시 힘 한 번 못 쓴 채 죽을 수는 없으니.

"그래서 마르트 왕국을 택했나?"

"그 부분도 이유 중의 하나입니다. 사실 다른 왕국에 가서 힘을 키울 수도 있으나 가장 안전한 곳은 아무리 생각해도 마르트 왕국밖에 없더군요. 또한, 제 스승님께서 생전에 가보라고 말씀하셨습니다."

카네는 수염을 매만졌다. 묻고 싶은 얘기가 너무나 많았다.

어떻게 열 살에 마탈 급이 될 수 있었는지, 스승은 또 누구인지 등등……. 하지만 지금은 중요한 부분이 아니었다.

또한, 시간이 지나면 시드가 자연스레 알려줄 것이라 믿었다. 오늘처럼 말이다.

"그래, 마르트에 가서는 어떻게 할 생각인가?"

"먼저 강해질 계획입니다. 시간이 얼마나 걸릴지는 알 수 없지만 과거의 힘을 찾고 제 세력을 만들려고 합니다. 또한, 리스네가 제가 살아 있다는 사실을 알게 된다면 그때는 프리야 공작님에게도 연락을 취해볼 계획입니다."

시드는 프리야 공작을 떠올렸다.

한 번 만나봤을 뿐이지만 그라면 자신을 도와줄 수 있을 거다.

과거에는 자신이 살아 있다는 사실도 숨겨야 하고 여러 이유로 찾아갈 수 없었지만, 플루닉을 소환했기에 리스네가 알아차렸을 수도 있다.

물론 자신이 힘을 키우고 결전의 날이 오기 전까지 프리야 공작에게 아무런 피해가 가지 않도록 조심해서.

"우리에게 얘기를 한 이유는… 결정을 하라는 것이지? 함께 가던가, 혹은 여기서 헤어지던가?"

벨트라가 코를 매만지며 물었다. 시드는 부정하지 않았다.

"잠시 자리를 피해 있겠습니다. 충분히 의논을……."

"아니, 그럴 필요 없어."

"네?"

쉽게 결정할 수 있는 문제가 아니었다. 더군다나 자신이 있다면 각자 의견을 내기도 눈치가 보일 테다.

그래서 시드는 일부러 자리를 피하려고 했는데, 벨트라가 손을 내저으며 만류했다.

"큭. 의논할 게 뭐 있어? 나는 고마운데?"

"뭐가 말입니까?"

"이 속이 안 보이던 꼬마 녀석이 털어놨잖아? 그만큼 우리를 믿어준다는 뜻이니까 고맙지."

"왜, 왜 이럽니까?"

시드는 당황을 금치 못했다.

분명 심각한 사안이고, 목숨을 걸어야 되는 결정이다.

한데, 벨트라는 다가오더니 꿀밤을 때리는 등 오히려 즐거워했다.

"시엘, 아니, 시드. 나이도 열다섯 살이라……. 아직 완전히 꼬마인 녀석아, 어린 나이에 너무 많은 짐을 지고 가다 보면 언젠가는 한 번에 부러지는 날이 온다. 너에게는 믿음직하지 못하겠지만 우리는 어른이다. 때로는 어른들을 믿어봐."

"……"

"맞아. 오빠 혼자 그러면 안 돼! 나도 있잖아. 나… 나이는 어리고 아무 힘도 없지만 언제나 오빠 곁에 있을 수 있고, 어떤 아픔이든 함께하고 싶어."

"히유! 히유!"

벨트라에 이어 메리아와 샤인까지 시드를 끌어안으며 얘기하자, 그는 아무런 대답도 못한 채 고개를 푹 숙였다.

그때 벨트라가 시멘 용병단을 보며 얘기했다.

"어때? 좋지 않아? 어차피 우리는 도망자 신세가 될 듯한데, 영웅이 될 기회도 얻었잖아. 그것도 세상에서 가장 위대해질 수 있는 한 소년의 곁에서 말이야. 혹시 나와 생각이 다른 사람 있어?"

"에휴! 자기처럼 단순한 사람과 같은 생각을 한다는 것 자체가 기분 나쁘지만, 일치하는데 어쩌겠어?"

스피네가 요염하게 웃으며 일어나 엉덩이에 묻은 흙을 털며 대답했다.

"후후, 어떤 선택을 하든 후회는 찾아오겠지. 단, 평생 후회하고 싶지는 않다네. 나 역시 시드와 함께하겠네."

카네 역시 같은 뜻을 비췄다.

"이래서 시멘 용병단이 좋다니까요. 가보죠! 너무나 위험한 도박이지만 살다가 언제 이런 도박을 하겠습니까?"

스쿠프가 환하게 웃었다.

"난 어디서든 요리만 만들 수 있으면 괜찮아."

아이니가 여전히 표정 하나 바뀌지 않으며 말했다.

"크윽! 나는 언제든 우리 동료들과 함께한다!"

생긴 것은 몬스터로 착각할 정도이나 소녀처럼 여린 마음을 가진 배커스가 울먹거렸다.

"나, 나도 뭔지는 모르겠지만 우리 메리아를 위해서라도 어디든 간다!"

뒤늦게 정신을 차린 트라이조차 같은 뜻을 비추자 모두는 하나 되어 웃음을 띤 채 시드를 바라봤다.

"오빠, 나도 언제나 오빠와 함께 있을 거야."

"히유."

마지막으로 메리아와 샤인마저 진실된 마음을 비추자, 결국 시드의 무릎은 힘없이 무너졌다.

"뭐야. 하, 하하! 바보 같아. 정말, 정말……."

시드는 손으로 얼굴을 가렸다. 그리고 웃었다. 바보처럼.

눈시울은 뜨거워지는데 웃었다.

가슴에서 무언가 치솟아올랐다.

언제나 혼자였다고 생각했다. 전생에서도, 현생에서도. 그 누구에게도 속내를 털어놓을 수 없었으며, 털어놓고 싶지도 않았다.

유일하게 그런 사람이 생겼지만 자신은 생사를 오가야 했고, 정신을 차렸을 때는 그의 행방조차 알 수 없었다.

그런데 아니었다. 자신은 혼자가 아니었다.

단지, 스스로가 어둠에 잡아먹혀 보지 못했던 것이다. 스스로가 겁이 나 밀쳐 내고 있었던 것이다.

그리폰과 카란처럼, 언제나 곁에서 손을 내밀고 있었던 이들을.

CHAPTER 03
검은 달

좌아악!

어둠이 내려앉은 새벽. 시드는 돌 무리 위에 앉아 파도를 하염없이 바라봤다.

긴장이 풀린 탓인지 현재는 모두 잠들어 있었다.

마음 같아서는 빨리 벗어나고 싶지만 우드의 상태도 좋지 않기에 아침에 출발하기로 결정 났다.

'나 잘한 거지?'

시드는 그리폰에게 물었다.

이미 결정 난 일, 후회는 하지 않는다. 하지만 일말의 불안 감은 여전히 어쩔 수가 없었다.

자신은 이용할 수 있는 것은 모두 이용하려는 성격이다. 어쩌면 시멘 용병단도 마찬가지였는지도 모른다.

그러나 내심 그들에게 좋은 감정이 있었기에 위험을 겪게 하고 싶지 않았다.

그 이유로 인해, 그들을 강하게 만든다면 얼마든지 리스네와의 접전 때 큰 힘이 되겠지만 손을 내밀지 않았다.

그들의 인생은 자유롭게 해주고 싶었다.

또한 자신이 5년간 생활한 그곳의 아이들도 시멘 용병단을 많이 좋아했기에 뺏고 싶지 않았다.

하나 결국은 손을 마주 잡게 됐다.

예상치 못한 변수들이 있었고, 그들 역시 흔쾌히 받아들였지만 모든 게 자신의 탓이란 생각으로 인해 마음이 가볍지만은 않았다.

'이미 결정 난 일이다.'

그 누구도 아닌 스스로에게 한 말이었다.

주사위는 굴려졌다. 굴려놓은 주사위에 대고 후회를 하는 것은 어리석은 짓이었다.

선택을 잘했느냐 못했느냐를 고민하는 것이 아닌, 앞으로 어떻게 해야 될지, 그들을 어떻게 지켜줘야 할지를 생각하는 게 정답이었다.

'일단 그를 찾아야 해.'

일말의 불안함을 가라앉힌 시드는 먼 바다를 바라보며 앞으로의 계획을 짜기 시작했다.

가장 먼저 해야 할 일은 마르트 왕국에 도착해 벨케를 찾는 일이었다.

여럿이 몰려다니면 시선 집중이 될 테니 따로 움직여야 되는지 고민도 했다.

산이든 어디든 모두가 지낼 수 있는 곳에 자리를 잡고 혼자서 벨케를 찾는 게 낫지 않을까 해서였다.

아무리 리스네가 함부로 간섭할 수 없는 마르트 왕국이라 할지라도 굳이 눈에 띄어서 좋을 일은 없을 테니.

그렇지만 따로 움직이자니 마음이 편치 않을 듯했다.

일부이지만 사람들에게 적개심을 가진 초인족도 있으며, 여러 위험을 무시할 수 없었다.

'벨케를 찾은 다음은 세력을 키워야 해.'

첫 번째 세력은 시멘 용병단과 우드, 샤인, 메리아였다.

가능하면 메리아는 제외하고 싶지만, 결심이 워낙 굳세서 시드도 포기했다. 단, 위험한 일에는 참여하지 못하도록 할 것이다.

다른 사람들이 보기에 불공평할 수 있으나 사람의 마음은 어쩔 수 없는 법이다.

그다음 세력은 바로 초인족들이었다.

쉽지는 않겠지만 샤인이 있으니 그렇게 무모한 계획도 아니었다. 또한 그들의 마음을 얻는 계기가 생긴다면 일은 쉽게 풀릴 수도 있었다.

거기다 프리야 공작의 힘도 빌릴 수 있다면 빌려야 했다.

리스네는 거대하다. 그 뒤에 있는 아폴레는 더욱 두려운 존재다. 편이 될 수 있는 자라면 누구한테든 손을 내밀어야 했다.

그중에서 프리야 공작은 강한 힘과 세력을 가졌으며, 믿을 수 있는 남자였다.

"우웅… 오빠……."

그 순간 메리아의 잠꼬대가 들렸다. 시드는 상념에서 벗어나 메리아에게 다가가 손을 잡아줬다.

좋은 꿈을 꾸는지 메리아의 입술이 곡선을 그렸다. 그 모습에 시드 역시 표정이 따스해졌다.

시드는 천천히 잠든 모두를 쳐다봤다.

앞으로 자신의 곁에서 가장 큰 힘이 되고 믿어야 될 이들이었다.

그리폰은 믿음을 중요시 여기는 남자였다.

그래서 훗날 사람들을 이끌게 된다면 실력도 중요하지만 정말 믿을 수 있는 사람을 곁에 세우라고 말했었다.

시드 역시 그 말이 맞다고 생각했다.

물론, 세력을 키우기 위해서는 능력이 뛰어난 사람들이 필요하다. 그래야 앞으로 나아가기도 수월하며 사람들도 더 모이는 법이니.

더욱 중요한 것은 그들을 믿는 것이고, 그들이 자신을 믿게 만드는 일이었다.

만약 완벽한 유대관계가 성립하지 못한다면 태풍 앞의 촛불과 다름없으니, 애초에 자르는 것이 나았다.

그런 면에서 봤을 때 시멘 용병단과 샤인, 메리아는 그 누구보다 든든했고, 앞으로 그 어떤 인재들을 만난다 할지라도 가장 곁에서 함께할 수 있는 이들이었다.

'내가 강해지는 만큼 이들을 강하게 만들어야 한다.'

혼자서는 아무리 강해봤자 답이 없었다.

전설에 존재하는 소울 급이라면 또 모르겠지만 말이다.

그렇기에 시드는 그리폰을 제외한 다른 이들의 비전을 모두 전수해 줄 생각이었다.

그것도 공짜로 말이다.

이렇게까지 자신을 위해주는 이들이라면 전혀 아깝지 않았다.

자신을 위해 목숨도 바치려는 사람들이 아닌가! 또한 앞으로 그들이 강해질수록 자신이 강해지는 것과 다름없었다.

그러니 어찌 돈을 받…….

'조금만 받을까?

…….

쫀쫀함의 극치를 보여주는 시드였다.

스으윽.

생각을 정리한 다음 마나 호흡을 하던 시드는 천천히 두 눈을 떴다.

찬란한 태양이 떠오르기 시작하면서 눈의 피로를 풀어주는 느낌이었다. 방긋. 햇빛이 비춰주는 시드의 입가에 미소가 어렸다.

많은 변화가 있었던 하루이다. 그 변화가 싫지는 않았다.

"캐액! 쿨럭! 후우!"

뒤에서 우드의 기침 소리가 들렸다. 시드가 고개를 돌려보니 우드가 정신을 차리며 길게 하품을 하고 있었다.

아이니의 요리도 타격이었지만, 피곤함에 잠들었다가 이제야 깨어난 것이다.

"일어났냐?"

시드가 다시 태양을 바라보며 묻자 우드가 눈을 비비며 옆으로 다가와 앉았다.

"네. 몸은 괜찮으십니까?"

죽길 바랐던 마음과 상반되는 가식!

"그래, 괜찮다. 어제는 무리해서 걱정을 시켰군. 뭐, 진심으로 걱정했는지는 알 수 없지만."

우드의 속마음을 뻔히 아는 시드가 짓궂게 말하자, 그는 화들짝 놀라며 손을 내저었다.

누가 봐도 당황할 때 나오는 과장된 제스처.

"지, 진심으로 거, 걱정했습니다! 저, 정말이라니까요!"

그것도 모자라 말까지 더듬는다. 나 지금 구라 까고 있다는 확실한 증거.

하나 시드는 모른 체해주며 우드의 머리를 쓰다듬었다. 만약 우드가 없었더라면 어떻게 됐을지 모른다.

육지로 달아났다가는 붙잡힐 수 있었으니.

속이야 어떻든 우드는 큰일을 해낸 것이다.

"왜, 왜 이러십니까?"

갑작스러운 시드의 자상함에 우드가 얼떨떨한 얼굴로 묻자, 시드는 쓰게 웃으며 말했다.

"어제 말하려다 네가 쓰러져서 못했는데, 왜 존댓말하냐?"

"이제 제 정체를 모두 아니까."

우드가 입술을 살짝 내밀며 중얼거렸다. 불만이 가득한 표정이었다.

정체가 알려줘서 좋아진 게 없었다. 자신은 다시 존댓말을 하게 됐고, 다른 놈들은 여전히 반말을 한다.

나이로만 따지면 갓난아기들이.

그러나 성질대로 했다가는 눈앞에 있는 악마가 어떻게 나올지 몰라 꾹 참고 있었다.

"그래도 말 놔."

"아닙니다. 제가 어떻게 그럴… 진짜지?"

"그래."

“그러면 다른 인간들한테도?”

우드가 간절한 눈빛으로 쳐다보자 시드는 잠시 고민에 잠겼다.

상식적으로 따지자면 모두가 우드한테 존댓말을 하고, 우드는 반말을 해야 했다. 그러나 사람이 아닌 오로라라는 편견과 자신의 돈줄이라는 생각이 더 컸기에 우드의 나이를 무시하려 했다.

하지만 이제는 모두가 정체를 알게 됐고, 우드 역시 저토록 바라는데 강요를 하고 싶지 않았다.

“그래, 원한다면 그렇게 해라. 단, 모두는 이전처럼 널 대할 거야.”

“알았어! 나 혼자서 말 낮출 수 있는 것만으로도 충분히 만족해!”

평균적으로 오만하며 자기중심적인 오로라!

그 오로라조차도 시드와 잠시 생활하면 작은 것에도 만족하게 된다.

일명 우리 오로라가 달라졌어요!

‘하여튼 단순한 녀석.’

시드는 기쁨을 감추지 못하는 우드를 보며 실소를 흘렸다.

자신은 크게 신경 쓰지 않았는데, 우드의 입장에서는 어린 사람들한테 존댓말을 쓰는 것이 꽤 스트레스였나 보다.

‘간간이 오늘처럼 약을 줘야겠군.’

일행 중 유일하게 마음이 아닌 힘으로 만들어진 동료가 우드였다.

만약 심장에 박아둔 마나만 없다면 우드는 언제든지 도망치려 할 것이다. 그렇기에 시간을 두고 자신의 편으로 만들 계획이었다.

적당히 매질을 하고, 적당히 약을 주면서 말이다.

만약 그렇게만 된다면 또 다른 큰 힘을 가지게 된다. 오로라에게 동족애는 없다고 알려져 있지만, 일이 생기면 합심해서 나타나는 경우가 드물지 않게 기록돼 있다.

언젠가 우드가 자신을 진정 마음으로 동료라 생각하게 되고, 도와준다면 우드뿐 아니라 다른 오로라들의 힘까지 빌릴 수 있을지 모른다.

그들의 힘은 무섭다. 특히 수중전에서는 말할 필요가 없다.

리스네의 입장에서는 전혀 예상치도 못한 적들이 나타나게 되는 꼴이기도 하고 말이다.

"그러면 이제 출발할까? 모두를 깨워."

시드가 지키고 있고, 피로가 가득 쌓였던 시멘 용병단은 업어가도 모를 만큼 깊게 잠들어 있었다.

특히 마나의 바닥을 몇 번이나 드러냈던 스피네와 트라이는 평소 안 골던 코까지 골았다.

마음 같아서는 더 자게 해주고 싶지만, 지금은 그럴 여유를 부릴 수 있는 상황이 아니었다.

페이리와 스로우가 쫓고 있다. 어쩌면 이곳 왕국에서도 협조해 함께 추격하고 있을지 모르는 일이었다.

물론 마나는 모두 회복됐다. 팔에 입은 부상 역시 둘의 극진한 마법 치료 덕에 꽤 많이 나아 있었다. 마탈 급의 육체로 인한 회복력도 있고 말이다.

하나 이번에 맞닥뜨리면 어제보다 더 위험해질 수 있었다.

이제는 전력이 어느 정도인지 그쪽에서 확실히 알고 있을 테니 말이다.

그렇기에 가능하다면 최대한 빨리 벗어나고 싶었다. 우드도 헤엄칠 수 있는 기력을 채웠으니.

"알겠다."

우드는 고개를 끄덕이며 일행 쪽으로 다가갔다.

그러자 시드는 몸을 풀었다. 아무런 부상은 없고, 자잘한 것들은 다 회복됐지만 혹시나 자신이 파악하지 못한 문제가 있나 확인하기 위함이었다.

다행스럽게도 이상없음에 확신하며 체크를 끝냈다.

그리고 어제 무리했던 일을 떠올렸다.

5분을 넘겼다. 만약 마지막 한 수를 발휘하지 않았더라면 더 빨리 깨어날 수 있었으며, 고통도 적었을 테다.

달리 방법이 없어 5분을 넘긴 상황에서도 모든 마나를 사용했지만 앞으로는 조심하자고 다짐했다.

도미노였다. 가장 선두에 선. 자신이 무너지면 한 번에 모두가 무너진다.

시드는 묵직한 책임감을 느끼며 메리아와 샤인을 깨우기 위해 몸을 돌리다 한 방향에서 움직임을 멈췄다.

다가왔다. 누군가 다가오고 있었다.

한 명, 아니, 두 명.

시드가 한곳을 주시하자 우드 역시 같은 방향을 쳐다보다 이유를 알아차렸다.

곧 한 쌍의 남녀가 모습을 드러냈다.

만약 상황적 조건만 아니었다면 경계를 하지 않았을 것이다.

아니, 이런 상황이라 할지라도 그들의 실력이 낮았더라도 지금처럼 긴장하지 않았을 테다.

한데 하필 이런 상황에 둘 다 실력자였다.

시드가 느끼기에는 스로우와 맞먹을 정도의 실력을 갖추고 있었다.

그런 둘이 이곳에 나타난 것은 우연일까?

"벨트라 아저씨, 모두를 깨워주세요."

눈이 감긴 채 앉아 있던 벨트라의 두 눈동자가 번쩍 떠졌다. 시드의 목소리에 긴장이 흐르고 있었고, 지금의 상황이 떠오른 탓이다.

“적이냐?”

낮은 목소리가 시드에게 들렸다. 시드는 고개를 저었다.

“아직은 모르겠어요.”

“알겠다.”

벨트라는 시드가 보고 있지 않지만 고개를 끄덕이며 일행을 깨우기 시작했고, 시드는 남녀에게서 시선을 떼지 않았다.

처벅처벅!

그들은 자신들한테로 다가오고 있었다.

‘적은 아닌 듯한데.’

거리가 좁혀질수록 긴장감이 조금씩 풀어졌다.

자신들을 노리고 왔다고 생각하기에는 너무나 여유로웠으며, 특히 남자는 싱글벙글했다. 하나둘의 실력이 대단하다고 느껴지기에 방심은 금물이었다.

“여어, 저기, 우리가 배…….”

“너희들은 누구냐?”

남자가 말문을 떼자 옆에 있던 우드가 먼저 한 발 앞으로 나섰다.

평소의 우드라면 절대 나서는 타입이 아니었지만, 모두에게 반말해도 된다는 시드의 은혜를 입었다!

‘후후. 오는 게 있으면 가는 것도 있어야지!’

어릴 때 아버지에게 배운 말이었다.

자신이 받았으니 시드를 위해 나서준다! 분명 감동받고 있을 것이라 믿으며.

힐끔!

멋지게 앞으로 나서더니 뒤를 은근슬쩍 쳐다보는 센스!

시드가 얼마나 감동받았는지 확인하려는 소심함!

그런데 시드는 그런 우드를 쳐다보지 않은 채 여전히 남자와 여자에게만 주시하고 있었다.

그때 여자가 콧방귀를 뀌며 말문을 열었다.

"이게 언제 봤다고 반말질이야? 머리에 피도 안 말랐을 새끼가."

"컥! 새끼? 이 계집이! 혼날래?"

"계, 계집?"

"그래, 계집! 계집한테 계집이라 하는데 뭐가 문제냐?"

"하, 하하! 이 새끼! 너, 죽었어!"

화르륵!

"우드, 비켜."

"에? 내가 처리할 수 있어!"

여자와 우드의 말다툼을 어이없다는 표정으로 지켜보던 시드가 다급히 앞으로 나섰다.

여자가 결심한 듯 마나를 끌어올리더니 거대한 불덩이가 그녀의 손에서 피어올랐기 때문이다.

"너, 죽을지도 모른다."

"……"

씩씩거리며 재차 앞으로 나서던 우드는 시드가 장난치는 게 아니란 사실을 파악하며 슬금슬금 뒤로 물러섰다.

겉보기에는 연약해 보이는 여자인데 자신보다 강하다니!

도대체 이 세상의 인간들은 왜 이렇단 말인가!

"이봐, 꼬마야. 내가 혼내주고 싶은 놈은 네가 아니다."

여자가 차가운 음성으로 말했다. 그녀로서는 배려였다. 그러나 시드는 쓰게 웃으며 어깨를 으쓱했다.

"저도 아줌마랑 상대하고 싶지 않지만… 어쩔 수 없죠."

그리고 꼬마에는 아줌마로 맞대응한다.

"아, 아줌마?"

"니, 니콜! 진정해!"

아줌마라는 소리에 니콜이라 불린 여자의 온몸에서 살기가 뻗어 나왔다.

그때서야 곁에 있던 남자가 다급히 나서며 말렸지만, 니콜은 이미 흥분할 대로 흥분한 상태였다.

푸아앗!

그녀의 손에 들려 있던 불덩이가 두 배 이상 커졌다. 마나를 더 집결시킨 영향이었다.

"라, 라탈 급!"

그 순간 뒤에서 정신을 차린 스피네가 소리를 내질렀다.

마법사인 그녀였기에 상대방 마법사가 발휘하는 마법이 무엇인지 잘 알았다.

"그래 봤자 라탈 급 둘입니다."

시드의 발언에 니콜의 표정이 일그러졌다.

라탈 급을 무시하는 사람은 세상에 존재하지 않았다. 그만큼 오르기 힘든 경지였으며, 어디에 가도 귀족 자리는 얻을 수 있다.

그런데 라탈 급, 그것도 둘을 무시하는 발언이었다. 니콜의 눈동자가 얼음장처럼 살벌한 빛을 띠었다.

세상 그 누구도 자신을 무시하지 않았다.

단 한 사람, 마탈 급에 올랐던 그만 빼고 말이다.

"그래, 라탈 급 둘이 어떤 존재인지 확실히 알려주마."

말이 끝나자마자 니콜은 소년을 향해 손을 내뻗었다. 하나, 그녀의 바람은 이뤄지지 않았다. 채 다 뻗기도 전에 옆구리에 강력한 통증이 밀려왔기 때문이다.

우당탕!

"쿠, 쿨럭! 무, 무슨 짓이야, 블스!"

니콜은 인상을 찡그린 채 침을 게워내며 소리쳤다. 블스를 쳐다보는 그녀의 눈동자에는 믿을 수 없다는 뜻이 가득했다.

"저 소년은 몰라도 뒤에 있는 이들은 위험할 수 있다. 물론 저 소년이라면 피해가 안 가도록 막겠지만."

"마, 말도 안 돼! 당신은 저 아이가 나와 비슷한 실력이라 생각하는 거야?"

"내 예감은 그렇게 말해. 아팠어?"

블스가 코를 매만지며 손을 내밀었다. 그렇지만 니콜은 거칠게 뿌리치며 혼자서 일어섰다. 그녀의 태도에 블스는 난처한 표정이 됐다.

'예감이라…….'

시드는 마탈 급에 올랐기에 상대가 마나를 발휘하지 않고, 자신보다 실력이 뛰어나도 대략적인 수준을 파악할 수 있었다.

하지만 블스라 불린 남자는 자신이 아무런 힘을 쓰지도 않은 상황에서 위험을 직감했다.

니콜이 라탈 급이라는 사실을 알면서도 당당했던 모습으로 인해 추측할 수 있었겠지만, 라탈 급 정도에 오르면 자신의 실력에 대한 자부심이 대단히 강하다.

그렇기에 단지 추측만으로 아예 싸움을 포기하는 경우는 드문 일이다.

'적은 아닌 듯하군.'

그뿐 아니라 메리아를 비롯한 뒤에 있는 이들까지 걱정해 줬다. 그의 심성을 알 수 있는 부분이었다.

"우리는 단지 바다를 보러 왔다가 사람들이 있기에 음식을 얻으러 온 것뿐이다. 그러니 그토록 경계하지 않아도 돼."

겨우겨우 니콜을 달랜 블스가 시드를 향해 얘기했다. 시드가 리더라는 사실을 알아차렸기에.

"그렇군요. 죄송합니다. 개인적인 사정이 있어 제 친구의 말투가 거칠었습니다."

시드는 우드가 먼저 말을 함부로 했다는 사실을 인지하며 사과했다.

반말은 블스가 시작했지만, 겉으로 보이는 나이 차가 꽤 있기에 당연하게 받아들일 수 있는 부분이었다.

"크큭. 괜찮아. 그럴 수도 있지. 니콜도 거칠었으니 넘어가자고. 오랜 여행으로 지쳐서 그런 거니 이해해 주리라 믿어. 그리고 말도 못할 다혈질이기도 하고."

그리고부터는 시드에게 귓속말로 하는 그. 시드는 옅은 미소를 지으며 고개를 끄덕였다.

한데 니콜은 듣지 않았어도 내용을 알겠다는 듯 강렬한 눈빛을 블스에게 쏘았다. 그러자 블스는 휘파람을 불며 딴청을 피웠다.

'재미있는 사람들이군.'

한 명은 능글맞으면서도 침착했고, 다른 한 명은 까칠하면서도 대단히 다혈질이다. 재미있는 동행이었다.

어쩌면 상반대기에 서로의 단점을 보완해 주는 것일지도 모르지만.

"간단한 것이라도 괜찮은가요?"

니콜과 티격태격하고 있는 블스에게 묻자, 그가 엄지손가락을 세웠다.

"아저씨, 먹을 것 좀 주세요."

"응? 그래."

시드가 부탁하자 벨트라는 마법 주머니를 꺼냈다. 육포부터 말린 과일까지 배를 채울 수 있는 내용물이 가득했다.

아이니의 요리를 어떻게든 피하기 위한 습관이었다.

"그러고 보니 나도 배고프네. 다들 같이 먹죠."

"허허, 그렇게 하세. 자네도 먹을 거지?"

"네, 그래야겠어요."

벨트라를 시작으로 모두가 허기짐을 느끼며 모였다. 어제 저녁부터 먹지 않았으니 당연히 배가 고플 수밖에 없었다.

그러나 모두는 배고픔으로 인해 잠시 잊고 있었다.

뒤에서 두 눈을 반짝이며 음흉한 미소를 짓고 있는 아이니를.

부글부글.

"……."

"……."

맛있는 향기를 가득 내뿜는 요리가 끓을수록 모두는 점점 침묵에 빠져들었다.

말려봤다. 굳이 만들지 않아도 된다고. 가볍게 먹고 얼른 떠나는 것이 좋다고. 생각해 보니 배도 안 고프다고.

하지만 요리 앞에선 아이니의 카리스마와 살기에 시드조차도 입을 다물 수밖에 없었고, 모두는 곧 다가올 지옥을 떠올리며 자신을 자책했다.

왜 하필 배가 고프다 했을까! 어제저녁을 먹지도 않아놓곤.

만약 물고기 요리만 먹었어도 아이니가 이렇게 고집을 피우지 않으며 물러서 줬을 텐데.

정말 후회는 늦게 찾아왔다.

"와, 맛있겠다!"

'토 나오게 맛있죠.'

시드는 차마 말로 하지 못한 채, 슬픔에 가득 젖은 눈으로 그를 쳐다보다 시선을 돌렸다.

블스로서는 그런 시드나 일행의 반응을 이해할 수 없었고, 기대심에 들뜬 채 얼른 요리가 다 되기만을 기다렸다.

'정말 좋은 사람들이군.'

마른 음식을 먹어도 되는데 굳이 물고기를 잡고 재료를 더해 요리를 해주다니. 처음에는 충돌이 있었다 할지라도 진심으로 그리 느꼈다.

처음 만난 이들한테 먼저 나서서 수고를 하는 경우는 많지 않다.

"하하! 제가 너무 많이 먹어도 이해하세요. 워낙 배가 고프다 보니."

번쩍!

뜻하지 않은 반가운 말에 아이니의 요리도 잘 먹는 샤인을 제외한 모두의 시선이 블스에게로 집중됐다.

그런 그들의 눈은 하나 되어 외쳤다.

'제발 다 처먹어주세요! 제발 저희를 구원해 주세요!'

'컥! 뭐, 뭐냐, 저 간절한 눈동자들은?'

영문을 알 수 없는 블스. 하나 이유를 알아차리기에는 오랜 시간이 걸리지 않았다.

"……."

"쿠, 쿨럭!"

한껏 기대하고 있던 블스도, 여전히 기분이 상한 채 우드를 힐끔힐끔 노려보던 니콜도 똑같은 표정으로 아이니를 쳐다봤다.

그 표정은 바로 어이없음이었다.

자신들을 죽이려는 것인가, 아니면 혀의 감각을 잃게 하려는 무서운 요리인가!

기가 찼다! 화가 났다! 이건 누가 먹어도 선의가 아닌 악의라는 사실을 알 수 있는 맛이다.

그런데 뭔가 이상했다.

요리를 만든 여자는 진심으로 평가를 바라는 듯 진지하게 쳐다보고 있다. 그뿐 아니라 다른 사람들도 다 한입씩 같이 먹었다.

만약 아까의 일에 보복이라면 자신들만 먼저 먹였을 텐데…….

‘서, 설마!’

결국 블스는 한 가지 결론에 봉착했다.

이 여자, 더럽게 요리를 못한다!

“싸우고 싶으면 말… 으읍!”

블스가 심각하게 고민 끝에 결론에 도달했을 때, 니콜이 결국 참지 못한 채 소리를 질렀다. 그렇지만 블스의 빠른 손이 다급히 입을 틀어막았다.

그와 함께 블스는 들을 수 있었다.

요리를 만든 여자를 제외한 모두가 안도의 한숨을 내쉬는 것을.

“왜 그래?”

니콜이 예쁜 눈동자를 일그러뜨리며 블스에게 따졌다.

오늘은 정말 이상했다. 능글맞은 것은 똑같지만 자신이 하려는 행동이라면 웬만해서는 태클을 걸지 않았다.

아까 전에는 이해했다. 그래, 말리지 않았더라면 여러 사람이 다칠 수도 있었으니. 그런데 지금마저 왜 이런다 말인가?

‘좋아, 한 번만 더 참는다.’

속에서는 불만이 가득했지만 니콜은 이를 악물며 꾹 참았다. 단, 귓속말로 조금 있다가 모든 이유를 밝히라는 협박을 빼먹지 않았다.

이해가 되지는 않지만 그의 행동에는 언제나 이유가 있었으니.

"어때?"

아이니가 무표정을 유지하며 말했다. 그녀의 첫 번째 확인 목표는 다름 아닌 시드였다.

"언제나 느꼈지만 정말 맛있어요! 우욱!"

분명 구역질을 들었지만 앞의 말만 인지하며 흐뭇해하는 아이니.

그녀는 곧 다른 사람들을 한 명 한 명 쳐다보기 시작했고, 다들 이마에서 식은땀이 흐르고, 살인 욕구를 이기지 못해 한 손에 짱돌을 꾹 쥔 채 맛있다고 했다.

가장 위험 요소인 니콜마저 블스로 인해 파르르 떨리는 입술로 맛 좋다고 하자, 아이니는 살짝 밝아진 분위기로 도도하게 알렸다.

"어젯밤부터 계속 요리를 했더니 피곤하네. 이틀 정도는 마른 음식으로 참아. 정 먹고 싶으면 사정하고."

'저런 쳐죽일……'

생김새와 달리 순환된 언어만 사용하는 배커스마저 욕하게 만든 무개념 작렬!

모두는 진심으로 시멘 용병단이 여섯 명으로도 충분하지 않을까 고민했다.

"가도록 하죠."

스로우를 통해 상황을 들은 리스네가 일어서며 말했다. 그녀의 곁에 서서 가면을 쓰고 있던 남자가 고개를 끄덕였다.

지이잉!

그와 함께 리스네는 마법으로 알림을 울렸고, 입구에서 지키고 있던 기사들이 문을 열었다. 그 문 사이로 나이가 많아 보이는 집사가 들어왔다.

"저는 스파인 왕국에 가봐야 합니다. 잘 부탁해요."

"네? 지금 당장 말씀이십니까?"

늙은 집사가 당황스러움을 감추지 않으며 되물었다.

"네. 지금 당장이요."

리스네의 얼음장 같은 표정에 집사는 입을 다물었다.

하인들한테도 존댓말을 하는 그녀였지만, 화가 났을 때의 살벌함은 그 어떤 공작보다 앞섰다.

물론 자주 접하는 이들만 아는 사실이었다.

세간에 알려진 내용은 공작이 돼도 변함없이 착하고 다정한 소녀였다.

"물론 약속들이 있다는 사실도, 그중에는 빠지기 힘든 자리가 있다는 것도 알아요. 그런데 너무 급한 일이 생겨서 그래요."

언제 그랬냐는 듯 곧 환하게 웃는 리스네. 그녀의 무서운 점 중 하나였다.

아무리 화가 나는 일이 있어도 세상 그 누구보다 행복한 미소를 지을 줄 알았고, 기분이 좋아도 필요에 따라 공포를 주기도 했다.

"알겠습니다. 염려 마시고 다녀오십시오."

"네. 믿고 가겠습니다. 아참, 시일이 얼마나 걸릴지는 알 수 없어요. 이 사람이 함께 가니 안전을 위한 동행도 필요없고요."

"네."

집사는 고개를 숙여 보였다.

리스네가 잠시 차가운 표정을 보였다는 것은 말대꾸를 했기 때문이다.

자신이 신중하게 결정을 내렸는데, 토를 달지 말라는 뜻이었다.

그렇기에 벌써부터 머릿속이 지끈거리지만, 복종하는 일 외에 할 수 있는 게 없었다.

"우리… 다시 만날 운명인가 봐."

집사가 나가자 리스네는 아무도 없는 허공을 쳐다보며 말했다.

정말 우연이었다. 자신의 입장에서는 신이 내린 선물이었다.

자신이 원하는 초인족 소녀와 시드가 함께 있다니……. 그로 인해 그토록 궁금해하던 생사도 확인됐다.

가장 좋은 소식은 시드의 죽음이었지만, 만약 그때 죽었더라면 자신은 초조함에 시달려 평생 동안 찾았을 테다. 불안함도 느껴야 할 테고.

그러니 이렇게 자신의 손으로 죽일 수 있는 기회가 왔으니 어쩌면 더 좋게 된 일인지도 모른다.

'시드, 시드… 네가 있어 내가 여기까지 올 수 있었어. 고마워. 보답으로 꼭 찾아줄게. 꼭 죽여줄게. 하하, 아하하!'

리스네의 입꼬리가 올라갔다.

즐겁다. 기쁘다. 드디어 그 오랜 시간의 추격을 끝낼 때가 왔다. 더불어 한편으로는 위협도 느꼈다.

모든 힘을 잃었음에도 5년 만에 라탈 급을 이뤄낸 시드다.

시간이 지난다면 과거보다 더 강해진 채 나타날지도 모른다.

물론 자신 역시 강해졌으며 그와 비교할 수가 없을 정도의 세력을 얻었지만, 그 누구보다 위험 요소인 사실은 변하지 않는다.

꼭 찾아내야 했다. 꼭 만나야 했다. 그리고 꼭 죽여야 한다.

"정말 이길 수 있다고 믿었나?"

블스가 가식된 칭찬을 하며 아이니의 시선을 끌 동안, 구세주 샤인이 요리를 모두 해치워 무사히 식사 시간을 끝낸 시드는 블스의 질문에 고개를 끄덕였다.

"쉽지는 않겠지만 절대 지지 않을 거라고 믿었습니다."

"그런가? 하나 세상일은 장담할 수 없어."

"그럴 수도 있겠죠."

시드는 부정하지 않았다. 확신을 가진 것은 자신의 플루닉 때문이었다.

자신과 플루닉이면 블스를 상대로 5분 안에 이길 수 있다. 그러면 남는 이는 니콜인데, 그녀는 강하기는 하지만 시멘 용병단이 나설 필요도 없었다.

샤인과 우드가 힘을 합치면 충분하기에.

한데 만약 이들이 플루닉을 가지고 있다면? 그때는 얘기가 달라진다. 아까 전에는 플루닉을 예측하지 않았다.

그만큼 아무리 라탈 급이라 할지라도 플루닉은 개인이 가지기 힘들다. 돈만 있다고 가질 수 있는 것도 아니니 말이다.

플루닉은 그 수가 한정돼 있고, 사려는 사람은 많다.

놔두면 놔둘수록 가격이 상승하는 보물이며, 플루닉의 주인들도 모두 존재했다. 특히 많은 수가 각 왕궁에 있기에 주인이 죽는다 해도 대물림된다.

한마디로 왕궁이나 개인 소유자가 망하거나, 어떤 이유로든 갑자기 큰돈이 없으면 죽게 될 상황이 오지 않는 이상, 돈이 있어도 플루닉을 구할 수 없는 것이다.

물론 그렇지 않더라도 파는 이가 있고 가격만 맞춰준다면 살 수도 있겠지만, 판매하는 이가 급하지 않다면 시세를 훨씬 웃도는 가격에 살 수밖에 없다.

플루닉은 언제나 사려는 사람들이 압도적인 수를 자랑했

으니.

"그래. 그럴 수도 있을 거야. 나 역시 확신은 할 수 없어. 너의 모든 카드를 보지 않았으니. 한데 어디로 가는 길이지?"

"죄송하지만 알려 드릴 수는 없습니다."

시드가 웃음 띤 얼굴로 양해를 구했다.

리스네와 관계있는 사람은 아니라고 확신했다.

그렇지만 굳이 알려주지 않아도 될 얘기를 할 필요는 없었다. 뭐든 일은 아주 작은 것에서부터 비롯되니까.

"그래? 그러면 됐고. 하아! 이제 가야 되겠지?"

"네. 시간이 많지 않아서요."

카네가 니콜에게 여유분의 마른 음식을 건네자 블스가 먼저 자리에서 일어서며 말했다. 마침 벨트라가 불렀다.

"시드, 이제 가자. 아, 시엘이라 부르라고 했지. 미안, 미안."

"응?"

그때였다. 블스가 고개를 갸웃거렸다. 낯익은 이름. 어디서 들어본 적이 있었다.

"잠깐. 시드라고?"

그 반응은 블스뿐 아니라 니콜도 마찬가지였다. 그녀는 고개를 갸웃거렸다.

'뭐지?

그러자 시드의 표정이 살짝 날카로워졌다.

혹시 자신의 얼굴은 몰라도 이름은 들어본 적 있는 리스네 쪽 사람일 확률이 있을 수도 있었다.

"그래, 그래! 어디서 들었나 했지!"

하나 기뻐하는 블스는 잠시 든 생각이 착각이라는 사실을 알려줬다.

"너였어! 시드! 시드! 분명 그 소년이 시드라고 했어!"

그뿐 아니라 블스는 진정 떨리는 목소리로 외치더니 시드를 와락 끌어안았다.

"무, 무슨 일이죠? 저를 아세요?"

시드는 당황을 금치 않으며 물었다. 자신은 분명 처음 보는 얼굴이었다.

니콜은 잊어먹을 수도 있다. 로브를 뒤집어쓰고 있으며, 특징이라고는 얼핏 보이는 붉은 머리카락과 눈동자뿐이니. 그리고 예쁘장한 얼굴이 다였다.

그렇지만 블스는 아니었다. 쉽게 보기 힘든 점이 있었다. 그는 두 눈동자 색이 달랐다. 한쪽은 황금빛이었으며, 다른 한쪽은 빨갰다.

만약 만난 적이 있었더라면 조금 전 처음 봤을 때 떠올릴 수 있었을 테다.

"본 적은 없어. 하지만 이름은 알고 있지. 그놈한테 지겹게 들었거든."

"그놈이라면?"

시드는 두 눈을 깜빡이며 되물었다. 아직도 그가 누구인지 짐작이 되지 않았다.

하지만 곧 들려오는 누군가의 이름은 시드의 두 눈동자를 크게 만들기에 충분했다.

"카란! 카란 말이야! 검은 달의 카란!"

"어, 어떻게 카란 형님을⋯⋯."

시드가 다급히 물었다. 이곳에서 카란의 이름을 듣게 될 것이라고는 전혀 예상치 못했다.

심장이 뛰었다. 두 눈이 뜨거워졌다. 그 정도로 카란은 시드에게 있어 깊이 각인된 이였다.

그런 시드의 행동을 확인한 벨트라는 무언가 중요한 일이라 믿으며 더 이상 재촉하지 않은 채 자리를 피해줬다.

"검은 달 알지?"

"네, 알고 있습니다."

모를 일이 없었다. 카란이 속해 있던 살수 조직.

"내가 바로 검은 달의 마스터였지."

"아⋯⋯."

시드는 입을 벌렸다. 인연. 그 외에 무어라 설명할 길이 없었다.

우연히 만난 이 남자가 바로 검은 달의 마스터라니. 누군가 인도해 준 느낌을 받았다.

"왜 과거형으로 말했는지 이유를 아는가?"

"네……."

시드는 안타까운 목소리로 대답했다. 하나, 블스는 과거에 연연하지 않으려는 듯 애써 밝은 표정을 지었다.

"그렇군. 카란의 일이 궁금하겠지?"

시드는 고개를 끄덕였다. 행방불명된 사실은 알지만 자세하게는 모른다. 드디어 그때의 일을 정확히 알 수 있게 됐다.

"어디서부터 얘기를 해야 되려나. 음, 그때부터가 좋겠군. 자네가 사라진 날."

시드의 미간이 찌푸려졌다. 악몽의 그날이 떠오른 탓이다.

"참 이상한 일들이 많았지. 누군가 꼭 카란이 해야 된다며 임무를 맡겼어. 만약 쉬운 일이라면 깊게 생각했겠지만, 상대도 꽤 실력이 있는지라 카란이 가는 게 확실하고 안전히 일을 처리할 수 있기에 그러려니 했지. 한데 나중에 알고 보니 프리야 공작에게도 일이 생겼다는군."

"프리야 공작님에게요?"

듣지 못한 얘기에 시드가 되물었다. 블스는 입술을 매만지다 재차 얘기를 시작했다.

"그래. 너를 데리러 가는 길에 괴한의 습격을 받았다더군, 사람인지 괴물인지도 알 수 없는 적들한테. 그들은 죽기 전 왕궁을 노리고 있다는 사실을 흘렸고, 프리야 공작은 결국 왕궁으로 돌아갈 수밖에 없었지. 쩜쩜한 부분은 있지만 1%라도 위험의 확률이 있다면 그는 왕을 지켜야 되는 입장이니. 또한 아폴레도 자리에 없기에 어쩔 수 없는 선택이었지."

"그렇군요."

시드의 표정이 가라앉았다.

리스네가 머릿속에서 떠올랐다. 정말 무서운 여자였다.

자신을 죽이고, 마나의 흔적이 사라질 시간을 얻기 위해 모든 가능성을 없애 버렸다.

카란에게 의뢰를 해 보내 버렸고, 프리야 공작의 발도 묶었다. 아폴레 역시 리스네의 계획으로 인해 일부러 자리를 피했던 것일 테다.

그런 다음 자신의 아버지와 평생을 함께해 왔다고 할 수 있는 타렌마저 죽여 버렸다.

그로 인해 그녀의 비밀을 아는 자는 모두 사라진 것이다.

물론 변수는 존재했다. 바로…….

'내가 살아남은 것이지.'

리스네를 떠올리자 분노가 치밀었다. 하지만 시드는 힘겹게 냉정을 유지했다. 지금은 아니다. 아직은 아니다.

참고, 참고, 또 참다가 한 번에 터뜨려야 한다.

"그리고 자네가 갑자기 사라졌어. 마치 잘 짜인 연극처럼 말이야. 처음에는 리스네가 가장 의심스러웠지. 그녀가 의심스럽다기보다는 그녀 외에는 다른 특별한 사람이 없었으니까. 하나… 아무리 고민해도 리스네가 너를 죽일 이유가

없었어. 오히려 마탈 급이 곁에 있다면 이득일 텐데 말이
야. 또한 그녀에게 마탈 급을 죽일 실력도 존재하지 않았
고.”

블스는 길게 얘기를 잇다 숨을 골랐다.

“즉, 한마디로 너는 그냥 갑자기 증발된 거야.”

시드는 쓰게 웃었다.

갑작스러운 행방불명. 누구나 의문을 가질 수밖에 없다.
프리야 공작의 제자가 되기로 결정을 해놓고 갑자기 떠난다?
말이 안 됐다.

그러니 당연히 의심의 화살은 리스네를 향할 수밖에 없었
다. 언제나 같이 있었으니깐. 하나 모두가 블스처럼 의혹을
집어던져야 했다.

그의 말처럼 동기가 존재하지 않았으며, 자신과 그녀는 사
이가 좋았고, 리스네의 연기 실력은 끔찍할 정도이니.

마지막으로 이세스의 진실을 아무도 모르기 때문에.

“그렇지만 찜찜함은 계속 존재했지. 아무리 생각해도 범인
으로 의심할 만한 이가 없었거든. 리메토도 아닐 테고 말이
야. 너의 실력을 잘 아는 그라면 새벽에 두 명의 괴한만 보내
지 않았을 테고, 또한 너는 그 이전부터 보이지 않았어. 그렇
다고 가진 것도 없이 쫓겨난 리메토가 라탈 급인 너를 죽일
수 있는 힘을 갑자기 얻었을 리도 없고. 에잇!”

블스는 재차 머리가 아파오는 듯 손으로 박박 긁었다.

"카란과 프리야 공작, 너의 행방불명, 그날 죽음을 맞이한 리메토와 타렌, 살아남은 리스네. 분명 무슨 연관이 있다고 판단되는데 그게 무엇인지 알 수가 없었지. 뭐, 이제는 당사자가 나타났으니 네가 나의 풀리지 않는 고민을 해결해 줄 수 있지 않을까? 아참, 카란 얘기를 빼먹었군."

블스는 그동안 막혀 있던 의문만 얘기한 자신을 깨닫고 미안한 듯 웃었다.

"부탁드립니다."

블스의 의문을 해결해 줄 것이다.

중요한 힌트 하나만을 놓치고 있는 그. 누구라도 놓칠 수밖에 없는, 달빛에 가려진 진실을 알려준다면 모든 일이 하나로 연결될 테다.

그렇게 될 경우, 검은 달의 마스터인 블스조차 자신의 편이 될지 모른다. 아니, 그렇게 안 된다 하더라도 리스네에 대한 심증이 확신으로 변할 것이다.

어떤 쪽이든 자신한테는 이득이었으며, 알려주고 싶어 입이 근질근질했다.

하지만 그전에 카란의 얘기를 먼저 듣고 싶었다.

"돌아온 카란은 바로 리스네를 만나러 갔지. 그렇지만 대화는 길게 하지 못했어. 리스네는 큰 충격을 받은 상태였고, 그에게 제발 너라도 찾아달라고 부탁했다더군. 그리고 카란은 나에게 그런 말을 했어. 뭔가 이상하다고. 나는 물었지. 뭐가 이상하냐고. 카란이 그러더군. 무엇이 문제인지는 모르겠는데 직감이 그렇다고."

"직감이요?"

블스가 고개를 끄덕였다.

"그래. 카란이 그 부분에 있어서는 짐승보다 더하면 더했지 틀린 적이 없어. 그렇지만 아무런 증거도 없이 무작정 리스네를 의심할 수 없는 노릇이기에 그는 너를 찾기 위해 노력했고, 리스네 쪽은 내가 맡았지. 나 역시 꼭꼭 숨은 진실을 알고 싶었거든."

시드는 가슴이 뭉클해졌다.

형, 동생, 같은 스승을 둔 사이. 그렇지만 함께한 시간은 길지 않았다. 그럼에도 자신을 위해 필사적이었다니.

그의 진심을 재차 느낄 수 있었다.

"말 그대로 모든 게 다 우연이고, 자네가 떠난 것일 수도 있으나… 우연히 동시다발적으로 일어난다면 그건 만들어진 우연이라는 확신이 들었지. 하나, 특별한 일은 없었어. 리스네는 시간이 어느 정도 지나가 조금씩 기운을 찾았고, 카란이 찾아와도 따스하게 받아줬어. 은근히 떠봤지만 그녀는 절대 걸려들지 않았다고 하더군."

'당연하지. 리스네가 어떤 계집인데……'

카란은 단순무식하다. 그렇지만 영리하다. 그 나이에 마탈급이라는 사실이 입증하고 있었다.

그만큼 경지를 넘어선다는 것은 육체는 물론 정신적으로도 대단히 어려운 길이었다.

그런데 문제가 있었으니, 영리함이라고 다 같은 영리함이 아니었으며, 리스네가 그 부분에 있어서는 한걸음 더 앞선다는 것이었다.

즉, 카란뿐 아니라 그 누구였다 할지라도 리스네에게서 원하는 반응이나 답은 듣지 못했을 테다.

"그리고 어느 날 카란이 갑자기 사라졌어."

"어디에 갔는지도 모르고요?"

시드는 입술에 침을 바르며 물었다. 카란이 사라진 그날, 도대체 무슨 일이 있었는가!

하나 돌아온 대답은 시드를 아쉽게 만들었다.

"어디에 갔는지는 알아. 임무가 있었지. 분명 임무도 마쳤어. 한데 그 뒤로 갑자기 사라진 거야. 흔적을 따라 추격하려 했지만… 결국 찾아내지 못했고."

"그렇군요."

시드는 길게 한숨을 내쉬었다.

블스의 정체를 알고 가장 기대했던 점이 혹시 사라진 카란에 대한 정보를 얻을 수 있지 않을까 해서였는데…….

"그다음은 자네도 알다시피 피의 눈물에 습격을 받아 우리 조직은 무너졌지. 사실 카란이 우리 조직의 핵심이었으나 그가 없어졌다고 해도 피의 눈물이 함부로 도발할 수 없었어.

아마 어떤 힘이 뒤에 있었던 것 같다. 그 후, 살아남은 조직원들은 뿔뿔이 흩어졌어. 리샤르에 있으면 위험하기도 했고, 카란을 찾기 위해서. 나는 니콜과 함께 움직이고 있지. 우리는 카란이 죽었다고 믿지 않거든."

"들어본 적이 있어요."

"니콜에 대해?"

"네. 이름은 처음이지만 예전에 카란 형님이 저를 구해주실 때 포션을 주셨어요. 그때 라탈 급의 여마법사가 만든 것이라고, 맛은 더럽게 없지만 효력 하나는 좋더군요. 그분 아닌가요?"

"크큭. 맞아, 맞아. 그 여마법사가 바로 니콜이야. 아. 니콜이 만든 포션은 정말 욕 나오게 맛없지."

블스는 동감하는 듯 킥킥댔다. 시드 역시 그때의 맛이 떠오르는 듯 몸서리를 쳤다. 곧 블스가 반대의 입장이 되어 질문했다.

"이제 내가 물어볼 차례군. 그날 너는 왜 갑자기 사라졌지? 내가 모르는 사실을 알고 너는 알고 있나?"

시드는 블스의 두 눈동자를 쳐다봤다. 색이 다른 눈동자가 간절함을 담아 자신을 응시하고 있었다.

시드는 천천히 고개를 끄덕이며 말문을 열려고 했다.

그때였다. 벨트라가 심각한 표정으로 소리치며 달려왔다.

"시엘, 시엘!"

“무슨 일이시죠?”

시드는 벨트라를 바라봤다. 벨트라의 손가락이 한곳을 가리키고 있었다.

자연스럽게 시드의 시선이 그쪽으로 향했다. 그와 함께 볼 수 있었다.

자신에게 다가오고 있는 스로우를.

CHAPTER 04
진실

"어떻게 하지?"

"제가 얘기해 보겠습니다, 블스님. 잠시만 기다려 주세요."

"그래."

벨트라에게 뜻을 전하고 블스의 대답을 들은 시드는 긴 한숨과 함께 무거운 걸음을 옮겼다. 한 걸음을 내디딜 때마다 머릿속이 복잡해졌다.

어떻게 이곳을 찾아온 것일까? 혼자 왔을까? 숨은 적들이 있나?

정신을 집중시켜 주변의 마나를 감지했다. 하지만 스로우 외에는 그 어떤 적도 존재하지 않았다.

그때서야 조금은 안도하며 스로우와 마주 섰다.

"혼자서 우리를 이길 수 없다."

싸우고 싶은 마음이 없다. 특히 스로우와는 더욱더 말이다.

"그러기 위해 찾아온 것이 아닙니다, 시드님!"

시드의 두 눈동자가 크게 떠졌다.

갑작스러운 존댓말도 당황스럽지만 놀랍게도 자신의 이름을 불렀다.

분명 스로우가 나타났을 때 벨트라는 시엘이라 했었다. 그런데 도대체 어떻게 알았을까? 설마…….

"제가 누구인지 알게 되셨군요."

시드는 어두운 얼굴로 작게 말했다. 이제는 숨길 이유가 없기에 더 이상 반말하지 않았다.

"네, 그렇습니다! 아참, 먼저 사과를 드립니다. 알아보지 못한 채 감히 검을 겨눠서……."

"아닙니다. 스로우님의 입장에서는 당연한 행동이었습니다."

"그래도……."

스로우의 얼굴에 진심 어린 마음이 서렸다. 그는 미안해하고 있었다. 자신의 행동을 후회하고 있었다.

하나 시드에게 그런 점은 중요하지 않았다.

"리스네… 누나도 알고 있나요?"

누나라는 말이 나오기 쉽지 않았지만 시드는 그렇게 불렀
다. 그러자 스로우가 환하게 웃으며 고개를 끄덕였다.

"그렇습니다. 리스네 공작님께서 저에게 시드님이라는 사
실을 알려주셨습니다. 플루닉으로 인해서 확신을 하셨고요."

"그렇군요."

시드는 긴 한숨을 내쉬었다.

가능하다면 리스네가 자신의 생존을 늦게 알아차리기 바
랐었는데 하지만 주사위는 굴려졌다.

지나간 시간을 돌릴 수 없는 일이고, 앞으로의 대책이 시급
해졌다.

"그렇다면 제가 여기에 있다는 사실을 리스네도 알고 있습
니까?"

시드는 재차 마나를 감지하며 물었다.

만약 리스네가 이곳의 위치를 안다면 서둘러 떠나야 했다.
아니, 스로우가 알고 있다는 사실 자체만으로도 위협적이었
다.

본인은 왜 그런지를 모르겠지만 말이다.

"아니요. 아직은 그 누구도 모릅니다. 시드님의 정체를 알
고 나서 저 혼자 찾아다녔습니다. 그러다 생각이 바뀌어 왕궁
으로 돌아가 도움을 요청했죠. 다행스럽게도 왕궁 마법사에
게 꽤 많은 이동 주문서가 있더군요. 그리고 오로라와 함께
이동했으니 만약 아직 스파인 왕국에 계시다면 바닷가 부근

이라고 생각했으며, 왕궁에 존재하는 마법사들뿐 아니라, 스파인 왕국 안에 위치한 바닷가로 이동하는 주문서는 모두 구입하거나 얻어 움직였습니다."

불행 중 다행이었다. 아직 다른 이들과 리스네는 모르고 있으니.

"시드님, 돌아가시죠. 시드님의 일행이라면 리스네 공작님 역시 초인족 소녀에게 자비를 베푸실 것입니다. 그날 이후 리스네 공작님에게는 끔찍한 일도 생겼으며, 시드님이 걱정돼 찾아다녔습니다. 저 역시 시드님을 모시며 그때 받은 은혜를 갚고 싶고요."

시드는 속으로 쓰게 웃으며 스로우의 두 눈을 쳐다봤다.

진실된 그의 눈동자가 참으로 맑다고 느껴졌다. 그랬다. 스로우는 리스네와 함께해서는 안 될 인물이었다.

그만 허락해 준다면 자신이 손을 내밀고 싶을 정도로.

"죄송합니다. 저는 돌아갈 수 없습니다."

"어, 어째서죠?"

당연히 갈 것이라 믿었는지 스로우는 놀란 빛을 감추지 못했다.

"가면 저는 죽습니다."

"무, 무슨……. 말도 안 되는 소리입니다!"

침착함을 잘 유지하는 스로우라 할지라도 시드의 충격적인 발언에는 흥분하지 않을 수 없었다.

죽다니? 누가 죽인다는 말인가? 아니, 시드의 실력에 리스네의 힘이 합쳐진다면 감히 죽일 수 있는 존재도 없었다.

"스로우님."

시드는 차분하게 말문을 열었다. 알려줘야 했다. 어차피 리스네가 자신이 살아 있다는 것을 알게 됐으니 숨길 이유가 존재하지 않았다.

오히려 스로우를 흔들어놓는 것이 이득이었다.

"시드님, 도대체 왜 죽는다고 생각하……."

"그 이유에 대해 알려 드리겠습니다."

시드는 스로우의 말을 끊으며 진실을 전했다.

"네? 아, 아니, 있을 수 없습니다. 리스네 공작님이… 리스네 공작님이……."

털썩.

멍해진 얼굴로 중얼거리던 스로우는 결국 다리에 힘이 풀려 바닥에 주저앉았다.

그의 눈동자가 크게 흔들렸다. 믿지 않는다. 믿어서는 안 되는 일이었다. 한데 어이없게도 몸에 힘이 빠지며 파르르 떨렸다.

"저는 당신에게 거짓말을 할 이유가 없습니다."

시드는 쭈그려 앉아 그의 어깨에 손을 얹었다. 스로우가 시드를 쳐다봤다. 앞이 점점 뿌옇게 흐려졌다.

시드의 눈을 마주치자 진실이라는 생각이 들었다. 하지만 곧 고개를 세차게 저었다.

"그, 그럴 일이 없습니다. 제, 제발 거짓말이라고 해주십시오!"

스로우가 시드의 양 어깨를 움켜쥤다.

어린 시절의 리스네부터 지켜보며 따라온 그다. 지금도 변함없다.

한데, 그런 자신이 알고 있는 리스네와 전혀 다른 리스네를 시드가 얘기하고 있다. 부정해야 했다. 그렇지 않으면 자신이 무너질 것 같았다.

그 정도로 시드의 얘기에는 설득력이 있었다.

"답은 이미 알고 계시리라 믿습니다. 그날 프리야 공작님을 위협한 괴이한 존재들, 카란 형님의 갑작스러운 임무, 저의 행방불명, 그리고 새벽 살수들의 침입, 죽음, 마지막으로 이세스의 부활."

"우, 우연일 수……."

얘기를 하던 스로우는 입을 다물었다. 우연으로 치부하기에는 너무나 절묘했다.

몸이 떨렸다. 상대가 시드가 아니었다면 화를 냈을 테다.

그래서인지 화도 나지 않았다. 이해를 한 것이 아닌, 이해를 당하고 있었다.

머릿속에서 많은 기억이 지나갔다.

얘기를 듣고 나니 의아했던 점들이 하나하나 맞아떨어졌

다. 그러나 만약 인정을 해버린다면 너무나 끔찍했다.

자신의 이득을 위해 은인을 죽이려 했고, 비밀을 감추기 위해 아버지와 평생을 함께한 가족과 같은 타렌마저 살해했다.

그 사실을 어떻게 받아들여야 한다는 말인가. 인정한다면 자신은 리스네를 어찌 봐야 한다는 말인가.

자신이 어떻게 그녀를 주군으로 모실 수 있다는 말인가!

"제가 말한 모든 내용은 진실입니다. 그 진실을 받아들이느냐 그렇지 않느냐는 스로우님에게 달렸고요. 왜 그날 전 스로우님과 페이리님을 알고도 정체를 숨기며 싸워야 했을까요? 제가 살아 있다는 사실을 리스네가 알게 된다면 위험해지기 때문입니다. 진실을 받아들이느냐, 아니면 감정에 휘둘려 거짓으로 치부하느냐. 스로우님에게 맡기겠습니다. 만약 후자라면 스로우님의 그릇은 거기까지인 것이겠죠. 그렇게 된다면 훗날 저와 목숨을 걸고 맞서야 할 것입니다."

시드는 그 말과 함께 일어서서 뒤돌아 걸었다.

혼란스러울 테고 괴로울 것이다. 자신의 일이 아님에도 경악과 슬픔에 가득 찬 스로우의 표정이 감정을 고스란히 전해 줬다.

그러나 시드의 몸은 곧 멈춰야 했다.

스로우에게 마법 통신이 연결된 탓이다.

"고, 공작님……."

상대는 다름 아닌 리스네였다.

—어디시죠?

리스네의 목소리가 옆에 있는 시드에게도 전해졌다. 시드는 침을 꿀꺽 삼키며 스로우를 쳐다봤다.

만약 스로우가 위치를 알려준다면 리스네가 주문서를 통해 이곳으로 오는 것은 순식간이다.

'스로우……'

갈등됐다. 그를 공격해야 하나, 아니면 믿어야 하나?

그때 스로우의 붉어진 두 눈과 마주쳤다. 그 역시 어떻게 대답해야 할지 쉽게 결정을 내리지 못하는 듯했다.

—제 말 안 들리나요?

리스네의 목소리가 살짝 가라앉았다.

그때서야 스로우는 크게 심호흡을 하더니 대답했다. 동시에 시드는 만약을 대비해 마나를 순간적으로 끌어올렸다.

하지만 시드의 입장에서 최악의 경우는 발생하지 않았다.

"혼자 시드님을 찾아보고 있었습니다."

—찾으셨나요?

"아니요. 어디에 계신지 알 수가 없군요."

—알겠어요. 일단 돌아오세요.

리스네의 목소리에 실망이 역력했다. 시드는 긴장감에 이마에 맺힌 땀을 닦으며 통신이 끝나기를 기다렸다.

곧 둘의 대화는 멈췄고, 스로우가 힘겹게 일어섰다.

"저는 아직 무엇이 진실인지 알 수 없습니다."

스로우가 등을 돌린 채 얘기했다. 그의 목소리는 떨리고 있었다.

"공작님을 의심하고 싶지 않습니다. 그렇지만 시드님께서 이유없이 저에게 거짓말을 할 리도 없다고 믿습니다. 저 스스로 진실을 확인해 보겠습니다. 만약 시드님이 하신 말이 거짓이라면……."

스로우는 말을 끊고 고개를 돌렸다. 그의 눈빛이 순간적으로 날카롭게 빛났다.

"저는 절대 용서하지 않을 것입니다."

스로우가 주문서를 꺼냈다. 왕궁으로 돌아가려는 것이다.

막 찢으려는 순간 시드는 옅은 미소를 지으며 말했다.

"조심하세요."

진심 어린 부탁이자 경고였다.

진실을 알고 있다는 사실을 리스네에게 들킨다면 그 역시 어떻게 될지 알 수 없는 일이었다.

스파아앗!

곧 스로우의 신형이 모습을 감췄고, 블스가 시드에게 다가왔다.

"저자는… 스로우가 아닌가? 리스네 공작의."

"맞습니다."

"흠, 이제 알려주겠나?"

"그러도록 하죠."

블스의 궁금증이 가득한 얼굴을 보며 시드는 자신이 겪은 모든 일을 얘기했다. 어느새 니콜도 다가와 로브를 깊게 뒤집어쓴 채 얘기를 들었다.

새로운 사실을 접하게 될수록 블스의 표정은 시시각각 변했다.

어찌 보면 스로우와 비슷한 반응이었다. 다른 점은 스로우와 달리 블스는 쉽게 받아들였다는 점이다.

모든 의혹이 하나의 진실로 인해 딱 맞춰줬으니 말이다.

"그래서 머리와 눈동자 색도 바꾼 거였군. 발각되지 않기 위해서. 그리고 자네의 생각대로라면 카란은……."

"제 추측에는 리스네와 관련이 있습니다. 물론 증거는 없지만 리스네에게 카란 형님은 참으로 신경 쓰이던 존재였을 테니까요, 저로 인해. 또한 카란 형님이 사라졌을 때와 이세스가 등장한 시기가 일치하는 점도 마음에 걸립니다."

시드는 숨을 고른 뒤, 자신의 또 다른 추리도 얘기했다.

"피의 눈물도 그렇습니다. 그들은 갑자기 누구의 힘을 얻었을까요? 리스네라면 답이 나옵니다. 그녀가 카란 형님의 행방불명과 관련돼 있다면 검은 달이 눈에 가시였을 겁니다. 앞에 말한 이유와 일치하죠. 검은 달이 카란 형님을 추적하려고 할 테니까요. 그렇다면 애초에 없어지는 게 그녀한테 좋을 것이고요."

블스의 표정이 심각해졌다. 니콜에게서는 살기가 뻗어 나왔다.

그들도 카란과 피의 눈물에 리스네가 관련되어 있지 않을까 의심했지만 그 어떤 증거도 찾을 수 없다.

아니, 오히려 갑자기 사라진 사실에 그녀는 진심으로 놀라했으며, 병사들을 보내어 찾는 데 도움을 주려고도 노력했다.

그 이후 검은 달조차 괴멸되고 어딘가에 살아 있다는 불확실한 믿음 하나로 찾아다녔다.

리스네가 시드를 찾던 것처럼, 죽음을 직접 확인하기 전까지는 살아 있다고 믿으며.

그런데 지금 진실을 듣게 되자 의혹이 다시 불타올랐다.

"그러고 보니……. 아니야. 그럴 일이 없어."

문득 블스가 얘기를 꺼내다가 고개를 저었다.

"뭔데요?"

시드가 묻자 블스는 머리를 긁더니 말했다. 스스로도 어이없다는 표정을 지으며.

"카란이 사라지고 몇 달 뒤였어. 리스네의 곁에 이전에 없던 한 명의 기사가 나타났어."

"기사요?"

"그래. 그는 언제나 가면을 쓴 채 얼굴을 가리고 있는데, 전해지는 얘기론 대단한 실력자인 듯했어. 너의 얘기를 들으니 혹시 그가 카란이 아닐까 하는 말도 안 되는 생각이 잠시 스쳐 지나갔는데, 불가능한 일이야."

"어째서죠?"

블스가 혀로 입술을 핥다가 얘기를 시작했다.

"먼저 리스네가 이세스로 카란을 쓰러뜨렸다면 카란이 살아 있을 확률은 많지 않아. 이세스가 어느 정도인지는 모르지만 카란 역시 만만치 않을 테니까. 봐주는 여유를 부릴 수 없었을 테고 한쪽이 죽을 확률이 더 높겠지. 두 번째로 세뇌 마법이 있기는 하지만 상대가 마법사보다 실력이 낮을 때 얘기야. 리스네, 아니, 아폴레라도 카란을 세뇌하는 것은 불가능해, 둘의 실력이 비슷하니."

"방법이 있기는 해."

그때 곁에서 얘기를 듣던 니콜이 끼어들었다.

"카란 스스로가 세뇌를 당해줬을 경우에는 가능해."

"하지만 카란은 그럴 일이 없지."

"그건 그래."

블스의 반박에 니콜은 수긍했다.

차라리 죽으면 죽었지 적에게 세뇌를 당할 사람이 아니었다.

"일단 여기를 뜨는 게 좋겠군. 스로우가 아무리 거짓말을 해줬다지만 혹시 모르니."

"어떻게 하실 건가요?"

　잠시 대화를 더 나누다 걱정해 주는 블스의 의견에 시드는 고개를 끄덕이면서 되물었다.

　"리샤르로 가보려고. 피의 눈물 역시 더 이상 우리를 신경 쓰지 않을 테니, 제대로 조사를 해봐야겠어."

　"그러시군요. 조심하세요."

　시드는 헤어짐이 아쉽지만 어쩔 수 없었다.

　"그러면 먼저 가볼게. 아참, 이거 받아."

　"어?"

　"마법 통신구 사용법은 알지?"

　"그럼요."

　시드는 웃으며 대답했다. 블스 역시 미소를 지었다.

　"다음에 꼭 살아서 보자고. 그리고 카란도 꼭 찾아내고."

　"네!"

　자신처럼 카란을 걱정하고 찾는 사람들이 있다는 사실에 기쁜 시드는 힘주어 대답했다.

　"시드, 다음에 또 보자."

　니콜은 아까에 비해 조금은 다정해진 목소리로 작별 인사를 했다. 그리고 곧 둘은 떠났다.

　둘이 시야에서 사라지자 시드는 고개를 들어 하늘을 쳐다봤다.

　구름이 두둥실 떠다니고, 왠지 마음이 맑아지는 느낌이었다.

'하나씩 만들어지는 느낌이다.'

고아원을 벗어날 때만 해도 사실 막막했다.

하지만 초인족인 샤인부터 오로라 우드, 시멘 용병단, 검은 달의 블스와 니콜까지.

그뿐 아니라 스로우한테도 진실의 씨앗을 심어뒀다.

심겨진 채 죽어버릴 수도 있겠지만 꽃이 활짝 핀다면 또 다른 힘을 얻게 될지도 몰랐다.

"저희도 출발하죠."

시드는 환하게 웃으며 모두한테 말했다.

앞으로 어떤 일들이 기다리고 있는지는 알 수 없으나, 희망의 손길이 다가온 기분이었다.

오로라의 모습으로 돌아간 우드의 등에 모두 올라타자 그는 마르트 왕국을 향해 빠르게 물살을 갈랐다.

타타탁!

"이야! 드디어 도착했다!"

"어머! 공기부터가 다른 것 같아."

마르트 왕국 서쪽 외곽에 위치한 해변.

거대한 오로라에서 뛰어내린 한 쌍의 남녀가 기쁜 목소리로 몸을 풀며 말했다. 그들은 바로 벨트라와 스피네였다.

그 뒤를 이어 거대한 배커스와 정신적 지주인 카네, 언제나 밝은 표정의 스크푸, 도도한 아이니까지 내렸다.

　마지막으로 시드와 샤인, 메리아가 내렸으며, 트라이는 혹시나 메리아가 넘어질까 노심초사하며 뒤를 따랐다.

　그런 트라이를 확인한 시드는 혀를 길게 내밀며 메리아와 샤인을 양팔로 안은 채 우드의 몸에서 뛰어내렸다.

　"아아, 좀 쉬고 싶다."

　모두가 내리자 사람의 모습으로 변신한 우드가 비틀거리며 쓰러졌다.

　스로우와 재회한 그날로부터 5일이 지났다. 우드는 이를 악물고 헤엄을 쳤다. 중간에 너무 힘들면 바위에 기대어 잠시 쉬는 것이 다였다.

　그리고 꼬리가 돋아난 이후부터는 쉬지 않고 달렸다.

　그 이유는 다름 아닌 시드의 부탁 때문이었으니…….

　"마르트에 도착하기 전까지는 아이니 누나의 요리를 먹고 싶지 않다. 먹으면 미쳐서 너를 죽여 버릴지도……."

　누구나 한계를 느낀다. 하지만 그 한계가 진정한 한계일 경우는 드물다. 단지 스스로가 만든 한계일 뿐이다.

　쉬고 싶다는 마음이 만들어낸.

　우드도 마찬가지였다. 그날 하루 종일 헤엄치니 분명 죽을 것 같았고, 더 이상 움직이기도 싫었다.

　한데 죽음의 협박이 바로 코앞까지 들이닥치니 이를 악물고 헤엄칠 수 있었다.

　그것도 모자라 아이니가 참지 못해 마법과 정령으로 불을 피워 요리를 하려고 하면 일부러 휘청거렸다. 실수인 척 잠수까지 하며 불을 껐다.

절대 요리를 하지 못하게.

물론 아이니도 두려웠다. 그녀의 감춰진 소심함과 집요함은 소름이 돋는다.

하지만 그때마다 시드의 환청이 들렸다.

미쳐서 죽여 버릴지도, 미쳐서 죽여 버릴지도…….

차라리 보복당하는 게 낫지 죽기는 싫었다. 시드는 한다면 하는 놈이다.

그리고 드디어 마르트 왕국에 도착했다.

'크윽! 정말 사는 게 사는 것이 아니구나!'

엎드려 쓰러진 우드는 몰래 눈물을 훔쳤다.

다들 아는지 모르겠지만, 요리를 하려고 하면 잠수를 한 이후론 아이니가 은근슬쩍 괴롭혔다.

정령들을 불러내 꼬집기도 했고, 간질이기도 했다. 불로 지지기까지.

그뿐 아니다. 모두를 위해 잠수를 하고 실수인 척 물에 젖게 해 불을 끄는데 사람들은 내심 좋아하면서도 아이니의 눈치로 인해 자신을 구박했다.

한마디로 동네북!

'내가 꼬리 100를 다 떼어주면… 네놈들을 절대 잊지 않겠다!'

속으로 이를 바득바득 가는 우드!

시드는 힘의 차이로 인해 어쩔 수 없지만 다른 인간들은 아니었다.

일단 시드에게 벗어난 뒤, 한 명씩 시드와 떨어진 순간을 노려 밟아버릴 계획!

문제점은 100개를 떼어내려면 너무 오랜 시간이 걸린다는 것이지만 수명이 남다른 오로라에겐 충분히 인내할 만한 시간이었다.

"이제 어쩌지?"

벨트라가 시드를 바라보며 말했다.

"일단 가까운 마을을 찾아야죠. 아무런 단서가 없으니 물어보며 다닐 수밖에요."

"그래. 꽤 시간이 걸릴지도 모르겠구나."

"뭐, 그렇……."

'저 인간이 진짜!'

대화를 나누다 무심결 고개를 돌린 시드는 메리아에게 찝쩍대는 트라이를 발견하며 쓰게 웃었다.

정말 저럴 때마다 죽어라 때리는데, 죽어라 맞아도 안 죽는 인간!

"오빠! 히잉!"

결국 메리아는 울상이 되어 즉효 약인 시드를 찾았다. 그러자 흠칫하는 트라이.

“왜?”

“트라이 아저씨가 자꾸 안으려고 해.”

메리아가 시드의 손을 꼭 잡고 일렀다.

트라이는 긴장했다. 분명 시드가 곱게 넘어갈 일이 없었다.

결국 트라이는 이를 꽉 깨물었다. 변명하기에는 본 눈이 너무도 많아 차라리 한 대 맞으려는 것이다.

한 대 맞고 메리아를 또 안는다. 로리타를 향한 끝없는 좀비 본능.

그런데 모두의 예상과는 다른 뜻밖의 반응이 나왔다.

“네가 예뻐 보이니 그럴 수도 있는 거지. 그렇죠?”

“어? 그, 그래.”

“오빠?”

시드가 웃는 얼굴로 아무렇지도 않게 말하자 모두는 서로를 바라보며 어깨를 으쓱했다. 왜 저러는지 도통 이해가 되지 않았다.

사람이 갑자기 변하면 죽는다고 하던데.

“아, 배커스 아저씨!”

“으응?”

시드는 모두의 시선을 무시한 채 트라이 뒤에 서 있는 배커스를 부르며 그에게 다가갔다. 그러면서 트라이를 향해 윙크를 했다.

그러자 트라이의 머릿속으로 한줄기 섬광이 스쳐 지나갔다.

'설마… 드디어 나를 인정해 주는 건가! 메리아의 남자로!'

그것밖에 다른 답은 생각할 수 없었다.

갑작스러운 태도의 변화. 몰래 윙크까지. 이때까지 자신한 테만 유독 까칠했던 시드와는 180도 달랐다.

트라이는 감격했다. 눈물이 글썽거릴 정도였다.

곧 자신도 시드에게 지금의 마음을 전해야겠다고 결심하며 눈물을 닦고 두 눈을 떴다. 그리고 한쪽 눈을 감으려는데 뭔가가 날아왔다.

퍼어억! 와당탕!

"어? 실수로 주먹이 뻗어졌네? 하하! 아저씨, 죄송해요!"

"……."

모두는 보았다.

시드가 대놓고 트라이의 턱에 주먹을 꽂은 것을.

모두는 확신했다.

그 순간 시드의 두 눈동자에 살기까지 맺혔다는 사실을.

모두는 알았다.

알고 맞을 때보다 방심하다 맞으면 충격이 두 배라는 사실을.

절대 적으로 만들고 싶지 않은 시드였다.

"호오, 맛있어 보이는군."

그날 저녁 시드는 홀로 산을 뒤지다 멧돼지를 발견했다.

오늘 저녁은 고기를 구워 먹자고 먼저 나섰다. 아이니가 요리를 할까 봐 두려운 것도 있었지만, 홀로 산을 돌면서 돈 될 만한 것들이나 영약을 찾기 위함이었다.

그 결과 쉽게 보기 힘든 약초들을 조금 캐서 먹을 수 있었고, 지금은 거대한 멧돼지 세 마리를 발견했다.

자신과 샤인도 마음껏 먹고 배부를 수 있을 정도로 컸다.

'마르트는 뭔가 달라도 다르군.'

주변을 정찰한 결과 몬스터들도 꽤 감지됐다. 그중에는 마나가 강하게 느껴지는 놈들도 있었으니 분명 다크 몬스터이리라.

마르트에는 유독 다크 몬스터나 희귀한 것들이 많고, 이곳에서만 존재하는 몬스터도 있다고 했다.

'일단 네놈들은 새벽에 잡아주마.'

지금 당장 산을 순회하면서 다 죽이고 돈을 챙기고 싶지만, 몇 시간 지난다고 다른 데로 떠나지는 않는다.

더불어 지금 배가 너무나 고팠다.

마른 음식들로 대충 채웠으나 아이니가 만든 요리는 대부분 샤인 전담이었기에 제대로 먹지를 못했다.

배를 채우고 모두를 수련하게 만든 다음 올 생각이었다.

이곳에서의 위험이라면 몬스터인데, 자신이 없어도 그들이라면 몬스터가 위협이 되지 않는다.

물론 한 마리의 몬스터도 빼먹지 않고 사냥하겠지만.

"자, 이리 오너라."

크르릉!

시드가 모습을 드러내자 멧돼지들이 일제히 고개를 돌리며 경계했다.

어둠 속에서 그들의 거친 숨소리는 사람들에겐 충분히 위협적이나, 시드에게는 맛있는 먹이일 뿐이었다.

타앗!

곧 멧돼지 세 마리가 동시에 시드를 노리며 달려들었다.

꽈아악!

거대하고 날카로운 이빨이 사방에서 시드를 깨물었다. 하지만 시드의 피부에는 흠집조차 생기지 않았다.

마탈 급의 육체에 마나까지 순간적으로 둘렀으니 아무리 일반 멧돼지들보다 거대하고 힘이 세다 할지라도 뚫을 수 있을 리가 없었다.

오히려 멧돼지들의 이빨이 금이 가거나 부러졌다.

"이제 내 차례지?"

시드가 씨익 웃었다.

그때서야 멧돼지들은 달아나야 된다고 느꼈지만 이미 늦은 후회였다.

시드의 주먹이 빠르게 멧돼지들을 즉사시켰다.

쿠우웅! 쿠웅! 쿵!

"히익! 오빠, 이게 다 몇 마리야?"

"허헐. 손질하기도 힘들겠구먼."

"오늘은 배불리 먹자고요."

자신들의 예상을 초월하는 양에 모두가 기겁했지만 시드
는 넉살좋게 웃으며 자리에 앉았다.

그는 솜씨 좋은 기술자처럼 멧돼지의 가죽을 벗겨내기 시
작했다.

주먹으로 일격에 죽였기에 아무런 흠집도 없었다. 그래서
기분이 좋았다.

이 정도로 완벽한 가죽이라면 짭짤하게 팔 수 있을 것이다.

그런 다음 내장을 손질했고, 아이니가 정령을 소환해 깨끗
하게 씻었다. 마지막으로 마법과 정령으로 한 번 초벌을 한
뒤, 불을 피워 굽기 시작했다.

초벌을 한 이유는, 그냥 불로만 굽게 될 경우 시간이 너무
오래 걸리기 때문이다.

그렇다고 마법이나 정령의 불로만 입히면 나무의 향이 배
지 않기에 맛이 떨어진다.

전생에서 주위 사람들이 그랬다. 고기는 숯불에 구워야 제
맛이라고. 물론 당장은 숯을 구할 수 없어 나무로 하지만 안
하는 것보단 나았다.

"우와, 맛있겠다! 히! 오빠, 많이 먹어!"

고기가 다 익자 메리아가 다리에서 뜯어낸 커다란 살점을

내밀었다.

"그래, 너도 많이 먹어. 샤인도 많이 먹고."

"히유! 히유!"

샤인은 이미 큰 뼈 하나를 든 채 열심히 발라 먹다 시드를 바라보며 환하게 웃었다. 샤인은 먹을 때 가장 행복한 표정을 지었다.

잠시 후,

"꺼어억! 어머, 난 교양있는 여자인데."

"으아, 배부르다."

"허헐, 잘 먹었네."

스피네를 시작으로 벨트라, 카네, 그리고 모두가 부른 배를 만지며 흐뭇한 미소를 지었다.

이렇게 고기를 배가 터지기 직전까지 먹어본 게 다들 오랜만이었다. 더군다나 바로 잡은 멧돼지였기에 더욱 맛이 좋았다.

"강해지셔야 합니다."

그 모습을 바라보던 시드는 입가에 미소를 지우지 않으며 말했다.

모두의 표정이 진지해졌다. 시드의 말이 무엇을 뜻하지는 잘 알기 때문이다.

"저와 한 배를 타셨습니다. 그러니 제가 도와드리겠습니다. 모두가 지금보다 더욱 강해질 수 있도록."

"정말?"

벨트라가 눈을 크게 뜨며 물었다.

모두가 강해지고 싶은 욕망은 크다. 하지만 시드는 일정 이상을 가르쳐 주지 않았다. 그렇다고 더 알려달라고 할 수도 없었다. 그 정도만 해도 큰 행운이었기에.

한데, 지금은 그 이상을 알려주겠다고 말하고 있다.

"네. 다만 제가 모르는 부분은 어쩔 수가 없네요."

모두가 기뻐하는 것을 보며 시드는 미안함을 담아 말했다.

자신은 검과 함께 살았고, 검에 대해 배웠다. 검으로 인해 마탈 급까지 올라섰고 말이다.

마법이나 정령술에는 들은 얘기들만 있지 제대로 아는 게 없었다. 즉, 가르쳐 줄 수 없다는 뜻이었다.

그 말에 스피네는 울상이 됐고, 아이니는 살짝 실망스러운 표정, 낙천적인 스크푸도 입맛을 다셨지만 카네의 인자한 얼굴은 변하지 않았다.

"그 부분은 어쩔 수 없지 않은가. 자네가 모르는 부분이니. 우리는 시드의 호흡법만으로도 충분하네. 그 호흡법이라면 이전보다 더욱 빨리 경지에 오를 수 있을 거야."

"그렇게 생각해 주시니 감사합니다. 단 마법과 정령술, 활에 대해서는 잘 모르지만 그 외에 필요한 부분들은 모두 전수하겠습니다. 또한 깨달음에 관한 부분도 알려 드리겠습니다. 길은 하나로 통하는 법이니 분명 도움이 되리라 믿습니다."

"고맙네, 우리를 진심으로 받아줘서."

시드는 아무런 대답을 하지 않으며 고개를 저었다.

오히려 자신이 미안해야 할 일이었다. 이제야 진심으로 믿고 의지하게 돼서 말이다. 하나, 굳이 그런 말을 꺼낼 필요가 없었다.

말하지 않아도 알 것이라 믿었다.

'이제 슬슬 가볼까?

늦은 밤, 마나 호흡을 하던 시드는 두 눈을 뜨며 주위를 둘러봤다.

모두 마나 호흡법에 열중하고 있었다.

다 알려줄 생각이지만 아직은 시기상조였다. 단지 맛있는 유혹이다. 배우고 싶으면 얼른 지금의 한계를 뛰어넘으라는.

일단 모두에게 시급한 것은 마나였다. 이트 급, 에트 급에 머물러서는 아무리 좋은 기술을 배워도 제대로 쓸 수 없다.

우드와 샤인은 예외라면 예외였다.

우드는 검술을 가르쳐 줘 같은 마나에서도 더욱 효율 있고 강해지도록 만들 생각이고, 샤인에게는 실전 감각을 더 익혀 줄 계획이었다.

"저는 잠시 돌아보며 마나 상승에 도움이 될 만한 것들이 있나 찾아보겠습니다."

시드가 일어서서 말하자 모두는 고개만 끄덕일 뿐 호흡을 멈추지 않았다.

그 모습에 흡족함을 느끼며 혼자 변신에 관한 반복 수련을 하다 지쳐 잠든 샤인에게 모포를 덮어주고, 메리아의 머리를 한 번 쓰다듬어 준 뒤 빠르게 움직였다.

콰아앙! 콰지직!

화려하게 차려진 넓은 내부. 그곳은 한 여자로 인해 산산조각이 나고 있었다.

그 주인공은 리스네였는데, 그녀는 쉽사리 흥분을 참지 못했다.

참고, 참고, 참다가 드디어 터져 버린 것이다.

"찾으라 했잖아!!"

수없이 마법을 난사하던 리스네는 분노가 가득한 눈빛으로 곁에 서 있던 페이리를 노려봤다.

페이리는 움찔하며 고개를 숙였다.

이 상황에서는 아무리 친구라고 할지라도 아무 말 않는 것이 가장 좋았다.

"공작님."

결국 보다 못한 스로우가 나섰다.

그토록 오래 함께해 오며 많은 면을 봤지만 그녀가 이토록 화를 내는 것은 처음이었다.

"네, 말씀하세요."

　그때서야 겨우 진정을 찾은 리스네는 힘없이 의자에 앉으며 스로우를 바라봤다.

"왜 이렇게 화를 내시는 것인지……."

"지금 그게 중요한가요?"

"아닙니다."

　스로우 역시 리스네의 말투에 재차 가시가 돋치자 한 걸음 물러섰다, 그런 스로우의 표정은 착잡했다.

　머릿속으로 많은 생각이 스쳐 지나갔다.

　초인족 소녀로 인해서 이렇게 화를 낼 수도 있다고 믿고 싶었다, 자신이 모르는 무언가가 있다고.

　그런데 자꾸 마음 한편에서는 시드가 가장 큰 이유일지도 모른다고 외쳤다. 그를 찾지 못해서, 그를 죽이지 못해서.

"왕국을 거의 다 뒤졌어요. 하지만 그들은 사라졌죠. 오로라가 있었다고 했죠?"

"그렇습니다."

"그렇다면……."

　리스네는 두 눈을 감았다.

　오늘로 스파인 왕국의 곳곳은 다 찾아봤다. 수많은 인원이 투입된 추적이었다. 그렇지만 끝내 흔적도 발견할 수 없었다.

　어떤 바닷가에서 모닥불이 남아 있기는 했지만 그것이 시드 일행이라고 단정 지을 수 없었다.

　그들은 더 이상 스파인 왕국에 있지 않았다.

항구에는 나타나지 않았지만 오로라가 도움을 줬다면 얼마든지 바다를 이동할 수 있다.

그러면 이제 남은 문제는 하나였다. 어디로 갔을까.

그 답은 머지않아 얻을 수 있었다.

"마르트 왕국."

"마르트?"

"그래. 초인족 소녀가 있어. 또한 그들이 도망친다면 마르트 왕국만큼 안전한 곳도 없지. 사람들을 좋아하지는 않지만 예전만큼은 아니며, 이제는 그곳에도 다른 왕국의 사람들이 일부 거주하니까. 그리고 타 왕국의 힘이 거의 미치지 못하는 곳이잖아."

"하긴 그렇겠다. 그런데 왜 도망치지? 나와 스로우를 기억하지 못하는 걸까?"

리스네의 눈썹이 살짝 꿈틀거렸다. 스로우는 그 점을 놓치지 않았다.

"그렇겠지. 너와 스로우는 잠시 봤을 뿐이니. 5년이라는 시간이 흘렀잖아. 그러니 초인족 소녀를 노리는 적으로 생각할 수밖에."

"왜 머리색과 눈동자 색이 바뀌었을까요?"

스로우는 흘리듯 말했다. 리스네는 입가에 웃음을 머금은 채 고개를 저었다.

"저라고 어찌 알겠어요. 만나면 꼭 물어봐야죠."

정말 모르는 것일까, 아니면 연기일까? 만약 연기라면 어떻게 저리 순식간에 태연할 수가 있지?

스로우는 고민하고 또 고민했다.

"나는 돌아가야 해. 언제까지 여기 있을 수 없어. 페이리, 네가 마르트로 가야겠어."

"나 혼자?"

리스네는 고개를 저었다. 그녀 혼자 가서는 만난다 해도 데리고 올 수 없다. 시드는 절대 오려고 하지 않을 테니.

"스로우와 함께 가. 아네뜨도 오라고 할 거야. 마지막으로… 당신도 같이."

리스네가 바로 곁에 서 있는 가면을 쓴 남자에게 얘기했다. 그는 여전히 아무런 말 없이 고개를 끄덕였다.

"와, 저 아저씨가 같이 간다니 든든한데?"

사실 불안했다. 이전에도 비슷한 전력으로 맞부딪쳐서 위험하지 않았던가. 물론 결과적으로는 자신들의 승리였겠지만, 피해를 감수해야 한다.

하지만 그가 동행한다면 얘기는 달라진다.

정체는 아직도 알 수 없지만 한 가지는 안다. 스로우조차 그를 이길 수 없다는 사실.

"그런데 만약 시드가 그 소녀를 못 준다 하면 어떻게 할 거야?"

페이리가 문득 떠오른 생각을 물었다. 리스네는 고민할 필요도 없다는 듯 대답했다.

"나의 은인인 시드의 부탁이라면 당연히 포기해야지."

"그럼 죽이면 안 되겠네?"

"그래. 시드의 동료라는 사실을 알았으니."

"체, 그년은 운도 좋군."

페이리는 불만스러운 어조로 투덜거렸다.

갚아주고 싶은 건 많지만 이제는 그럴 수 없게 됐다. 하필이면 시드가 곁에 있다니.

"일단 찾는 게 급선무야. 시드도 만나고 싶고. 서둘러. 스로우, 부탁해요."

"알겠습니다."

스로우는 허리를 구부렸다.

가능하다면 리스네의 곁에서 그녀를 관찰하고, 그때의 일을 조사하고 싶지만 명을 거절할 수는 없다.

아직까지는 그 무엇도 확실하지 않으니.

키에에엑! 크으윽!

"도, 도망쳐라!"

"아아악!"

고요한 밤. 한 산에서는 비명이 난무하고 있었다.

비명을 지르는 존재들은 다름 아닌 몬스터. 그중에는 실력과 지능이 뛰어난 다크 몬스터도 있었으나, 한 소년에게 힘없이 무너졌다. 시드였다.

"으하하!"

시드는 오랜만에 진심으로 기뻐하며 크게 웃었다.

몬스터다! 몬스터! 그것도 산 곳곳에 수없이 많았다.

그중에는 더욱 값비싼 다크 몬스터도 있었으며, 처음 보는 희귀한 놈들도 있었다. 분명 고가이리라.

'돈! 돈! 돈!'

시드의 두 눈동자에 골드가 새겨졌다.

분명 흉측하게 생겼고 색도 시커먼 놈들이 있는데, 모두 황금빛으로 반짝이며 자신을 유혹했다.

가져가 주세요! 우리의 주인은 당신이에요!

집착을 뛰어넘은 환각 상태.

"그래, 내가 자비를 베풀어 너희들의 바람을 들어주마!"

"뭐야? 재, 무서워."

말을 할 줄 아는 다크 몬스터는 치를 떨었다.

이상한 인간이었다. 때로는 강한 인간들이 있어 몬스터들을 학살하기도 한다. 하지만 저렇게 제정신 아닌 놈은 본 적이 없었다.

칼도 사용하지 않은 채 두들겨 팬다. 그러다 피부에 흠집이라도 생기면 울 것 같은 표정으로 가슴 아파한다. 그리고 모두 몬스터 탓으로 돌린다.

지가 패서 생긴 흠집인데.

그것도 모자라 이제는 혼자 헛소리까지.

몬스터들은 목숨을 걸고 달아났다. 입에서 침까지 질질 흘리며 오히려 더욱 몬스터 같은 미친 인간.

하나 눈앞에 있는 돈을 놓칠 시드가 절대 아니었다.

만약 한 마리라도 놓친다면 평생 동안 후회할지도 모르는 일.

시드는 5분이 되기 전까지 눈에 보이는 몬스터들을 다 때려죽였다. 그 후, 휴식을 가지고 마나가 회복되면 다른 곳으로 이동, 재차 5분이 되기 전까지 사냥했다.

다음날 아침, 그 산에 서식하던 몬스터들은 하루아침에 모두 실종됐다.

시드의 마법 주머니 속으로.

CHAPTER 05
라인

"저기 마을이 보이는군요."

마르트에 도착한 지 이틀째 시드는 멀리 보이는 마을을 발견했다. 그리 크지는 않지만 갖출 것은 다 갖췄을 법한 규모였다.

"어머, 역시 시드의 시력은 뛰어나."

바로 귓가에서 들리는 스피네의 목소리.

정체가 알려졌기에 시드는 더 이상 시엘이라는 가명을 쓰지 않아도 된다고 했다.

어차피 이름을 바꿔봤자 생김새와 여러 가지 이유로 리스네가 얼마든지 자신이라는 사실을 추측할 수 있으니.

그래서 모두는 이제 시드라 부르기로 했다.

부르르! 짜악!

입김에 시드가 몸을 살짝 떨자 스피네는 변함없이 한쪽 엉덩이를 손에 쥐었다.

"네, 마음껏 만지세요."

"우리 오빠 엉덩이 좀 주무르지 마요!"

"히유! 히유!"

이제는 화내는 것도 지친 시드는 자포자기했다. 트라이처럼 남자라면 실수인 척 때릴 수라도 있지만 원수도 아닌데 여자를 구타할 수 없으니.

그러자 시드를 대신해 메리아와 히유가 가로막으며 나섰다.

"여전히 애들한테 인기도 최고고. 훗."

스피네는 과장된 행동으로 무서워하는 척하며 뒤로 물러섰고, 시드는 스피네한테 어리지 않다고 성내는 메리아의 머리를 쓰다듬으며 달랬다.

"오빠 눈에는 어엿한 숙녀인걸."

"진짜?"

시드의 말 한마디에 표정이 밝아지는 메리아.

"히유?"

샤인도 같은 말을 듣고 싶은지 곁에 다가와 자신을 손가락으로 가리켰다.

"샤인도 마찬가지야."

사실 발육으로만 보면 샤인이 월등했지만, 시드의 눈에는 메리아도 충분히 여성으로서의 매력을 갖추고 있었다.

"그럼! 스피네 너 같은 아줌마보다 백배 낫지! 우리 메리아의 저 매끄러운 피부와 볼록 솟은 가슴, 탱탱한 엉덩이! 어찌 저게 애야!"

메리아의 환심을 사고 싶었던 트라이가 나섰다.

'후후, 메리아가 나한테도 웃어주겠지?

말을 끝내고 내심 기대한 트라이는 한 손은 턱에, 다른 한 손은 옆구리에, 거기다 한쪽 무릎은 살짝 구부렸다.

일명 어정쩡한 멋진 척.

하나 모두는 그런 트라이를 보며 고개를 저었다.

그의 진심은 안다. 정말 메리아를 아끼고 좋아하며, 메리아를 위해서라면 무엇이든 할 수 있다는.

그러나 문제는 그의 개념없는 뇌와 생각을 거치지 않은 채 바로 내뱉는 말이었다.

"트라이, 나더러 아줌마라고?"

"트라이 아저씨, 볼록한 가슴과 탱탱한 엉덩이라뇨?"

"……."

트라이는 양옆에서 스피네와 시드의 살기가 피어오르는 것을 느끼며 조금 전 한 말을 떠올려봤다.

너 같은 아줌마! 볼록한 가슴! 탱탱한 엉덩이!

주르륵.

자신의 말을 기억함과 동시에 등줄기를 훑고 지나가는 땀.

트라이는 이를 악물었다. 더 이상은 메리아 앞에서 약해질 수 없다.

자신이 사랑하는 여자 앞에서만큼은 강해 보이고 싶은 것이 남자의 로망.

번쩍!

트라이의 두 눈동자에 굳은 결의가 맺혔다. 평소와 다른 트라이의 모습에 시드와 스피네는 살짝 움찔했다.

그때 트라이가 마나까지 끌어올리며 외쳤다.

피할 수 없다면 당당히 맞서겠다! 맞아야 한다면 남자답게 맞겠다!

"어디 한번 때릴 테면 때려봐! 살살요!"

왠지 등신 같지만 멋있어… 가 아닌 그냥 등신이었다.

"어서 오세…… 어?"

꽤 규모가 있는 여관의 문을 열고 들어서자 반갑게 맞이하던 여자 종업원이 의아한 듯 쳐다봤다.

그러나 곧 다시 환하게 웃으며 시드와 일행을 안으로 안내했다.

만약 다른 왕국이었다면 기분이 나쁠 수도, 왜 그러냐고 물어볼 법했지만 이곳은 마르트 왕국이었다.

산에서 내려왔을 때부터 많은 초인족들이 재미있다는 듯 쳐다봤다.

이렇게 타 왕국 사람들이 단체로 찾아오는 경우가 흔치 않은 탓이다. 거기다 한 명은 얼굴이 퉁퉁 붓고 멍까지 들어 있다.

괜한 등신짓으로 한 대 맞아도 될 일을 열 대 맞은 트라이였다.

카네가 얼마든지 쉽게 치료할 수 있는 상처였지만, 시드와 스피네의 완곡한 거절로 인해 그대로 두고 있었다.

"무엇을 드릴까요? 여행 오신 거예요?"

벽쪽에 위치한 넓은 테이블에 앉자 귀엽게 생긴 초인족 소녀가 눈을 동그랗게 뜬 채 물었다.

주문만 받으면 되지만 궁금증이 샘솟은 것이다.

"네. 마르트 왕국을 꼭 한번 여행하고 싶어서 왔습니다. 저희의 동료인 이 아이도 고향에 와보고 싶어했고요."

"아, 그러시구나! 히히, 어쩐지 이 손님한테서는 저희의 냄새가 나더라고요."

타 왕국의 사람들은 변신하지 않는 이상 초인족을 구분하기 힘들었다. 시드 역시 겨우 이상한 점을 알아차렸을 정도이니 말이다.

하지만 초인족들은 자신의 동족을 한 번에 알아차렸다.

다른 이들은 알 수 없는 그들 특유의 향으로 구분하는 것
같았다.

"음, 이렇게 주세요."

모두의 의견을 종합한 뒤 시드는 가벼운 식사와 술을 시켰
다.

이제 마르트 왕국에 도착했고, 몬스터들로 인해 꽤 큰 수입
도 생겼기에 내심 한턱 쏠까? 고민도 들었지만 굳이 돈 많다
는 사실을 티내고 싶지 않았다.

한번 자비를 베풀면 다음에 또 베풀기를 바란다.

그것이 어쩔 수 없는 사람들의 심리.

그렇기에 애초에 기대를 할 만한 요지를 줘서는 안 된다.

'아참, 그러고 보니 우드의 꼬리를 떼야겠군.'

주문을 하고 기다리는 와중 문득 우드에게 시선이 닿은 시
드는 씨익 웃었다.

이곳에 오기 위해서는 어쩔 수 없이 우드의 꼬리가 필요했
지만, 이제는 아니었다. 원래면 도착하자마자 뗐어야 하는 것
인데 깜빡 잊고 있었다.

뭐, 그래 봐야 하루 차이였으며, 어차피 100개를 떼기 전에
는 우드를 부하로 써먹을 수 있으니 급한 것은 아니었지만.

'아, 스로우에게 그 사실을 물어볼걸.'

시드는 또 다른 무언가가 떠오르자 씁쓸하게 샤인을 쳐다
봤다. 물론 아주 잠시였고, 샤인은 눈치채지 못했다.

그라면 알고 있었을 테다, 샤인의 부모님이 어떻게 됐는지를.

어쩌면 물어보지 않은 게 득이 될 수도 있다. 무소식의 희소식이라고 했으니. 하지만 내심 아쉬움은 어쩔 수 없었다.

확률은 희박하겠지만 어떤 이유로든 만약 아직 살아 있다면 샤인에게는 희망이 되는 소식일 테니.

"이거 드시고 계세요!"

종업원 소녀가 다른 종업원 남자와 함께 여러 가지를 차려 가져왔다. 주문한 메뉴는 아니었다.

술이 먼저 나왔는데, 간단한 안주들이었다.

척 보기에도 가격이 싸 보이는 것들로 여러 가지 만든 것이지만 입에 대보니 나름 먹을 만했다.

특히 소금을 살짝 뿌려 튀겨낸 땅콩은 시드의 입맛에 잘 맞았다.

"오빠~ 오빠~!"

"으응?"

싸지만 도수가 꽤 있는 술을 한 모금 마신 뒤, 땅콩을 입에 넣던 시드는 갑작스러운 메리아의 콧소리에 내심 불안해하며 옆을 쳐다봤다.

메리아가 이런 소리를 낼 때는 무언가 부탁할 게 있다는 뜻이다.

"히히, 나도 마시면 안 돼?"

“…….”

메리아의 손가락이 술이 가득 담겨 있는 항아리를 지목했다.

“안 돼.”

“히잉.”

시드가 단호하게 거절하자 메리아가 입술을 삐죽 내밀었다. 그렇지만 안 되는 것은 안 된다. 전에 메리아와 샤인이 술 취했을 때 깨닫지 않았던가!

저 둘은 술 마시면 진상!

“히유? 히유!

스윽! 스윽!

메리아가 실패하자 샤인이 기다렸다는 듯 시드를 부르며 무언가를 적었다. 시드는 글을 확인했다.

나는? 나는?

시드는 역시 마찬가지로 생각할 겨를도 없이 고개를 저었다.

한편으로는 시멘 용병단을 야려봤다. 자신이 화장실에 갔을 때 괜히 애들을 술 마시게 해가지고.

“크, 크흠. 메리아, 샤인아, 나중에 더 크면 마시도록 하거라. 알았지?”

시드의 눈빛을 정면에서 받은 카네가 자신은 잘못이 없음에도 일말의 책임을 느끼며 둘을 달랬다.

그러나 메리아의 삐침은 쉽게 풀리지 않았다.

"치, 오빠도 열다섯 살이잖아요! 나랑 한 살 차이인데……."

"그, 그렇지."

시드의 정확한 나이를 아는 메리아가 카네의 빈틈을 정확하게 파고들었다.

시드는 마셔도 되면서 왜 자기는 안 되냐는 것이다.

그러자 말없이 안줏발을 내세우고 있던 아이니가 짧게 말했다.

"시드는 겉늙었잖아."

"아, 그렇구나! 알았어요. 더 늙어지면 마실게요!"

진심이 담긴 말. 동시에 시드가 가장 싫어하는 말.

한데, 메리아는 또 순진하게 그 말에 납득을 했다. 자기도 그렇게 생각한다는 뜻.

그때 트라이가 또 분위기 파악을 못한 채 끼어들었다.

다들 웃으면서 얘기를 나누니 자신도 시드의 노화를 이용해 웃겨보고 싶은 것.

"크큭, 하긴 나 시드 처음 봤을 때 나랑 동갑인 줄 알았다? 하하!"

"……."

한 방에 분위기를 싸하게 만드는 능력.

모두는 조용히 두 눈을 감으며 트라이의 명복을 빌었다.

그리고 시드는 한없이 인자하게 웃으며 자리에서 일어섰다. 그런 시드의 주먹에는 마나가 불꽃처럼 피어올랐다.

동네북으로는 우드와 쌍벽을 이루는 트라이였다.

"흠, 기억이 날 법도 한데."

'이 자식이.'

시드는 꿈틀거리는 입술을 애써 미소로 유지하기 위해 노력했다. 그런 시드를 내려다보고 있는 남자 종업원은 여전히 모른 척하며 말끝을 흐렸다.

주문한 요리까지 나올 때 시드는 그에게 넌지시 말을 던졌다.

혹시 벨케라는 이름을 들어본 적이 있냐는 것이었다.

아무 단서도 없는 지금 이렇게 묻는 것이 최선이었다.

만약 조금의 특징적인 부분이라도 있다면 도둑 길드를 비롯해 뒷돈을 주고 의뢰를 하겠으나 알고 있는 사실은 벨케라는 이름뿐이니 큰돈만 날릴 확률이 컸다.

그럴 거면 차라리 작은 지출을 통해 최대한의 효과를 걷으려고 했건만, 역시나 예상대로 종업원은 입술을 매만지며 손가락으로 돈을 요구했다.

"좋습니다."

시드가 긴 한숨을 내쉬며 마법 주머니에서 돈을 꺼냈다.

모두의 눈빛이 기대감으로 가득 찼다. 시드는 아닌 척하지만 알부자라는 사실은 다들 알고 있다.

해적도 그렇고 같이 다니며 얻은 수입도 적지 않다. 또한 돈이 없으면 마나스톤을 쓸 수도 없다.

그렇기에 돈에 관해서는 그 누구보다 쫀쫀한 시드가 얼마나 내놓을지 궁금증이 일어났다.

의뢰자의 상황과 상대방의 위치와 정확성에 따라 차이가 크지만 보통 1골드는 꺼내야 했다.

스으윽.

시드의 손이 주머니에서 빠져나왔다.

곧 시드는 탁 소리와 함께 힘차게 돈을 탁자 위에 내려놓았다.

그리고 모두는 저도 모르게 휘청거렸다.

시드가 꺼낸 돈은 다름 아닌 1브론즈였다.

'그때는 지출이 컸다!'

시드는 과거 종업원과 흥정하던 때를 떠올렸다. 당시에는 처음부터 1실버를 꺼냈다. 그로 인해 총 3실버의 돈이 사라졌다.

그래서 애초에 1브론즈를 꺼냈다. 물론 높여줄 계획이다. 최대 1실버까지.

단, 처음 흥정이 낮으면 낮을수록 최종 가격도 더 낮게 살 수 있기에 도박을 건 셈이다.

"하, 하하, 재미있는 분이시군요."

종업원은 식은땀을 닦으며 애써 웃음을 지었다.

일을 몇 년째 하고 있지만 정보를 원하면서 1브론즈를 꺼내는 이는 처음 봤다. 타 왕국은 어떤지 모르겠지만 최소 1골드는 꺼내야 하지 않는가!

그는 당연히 시드가 농담을 하는 것이라 믿었다.

'역시……'

시드의 두 눈동자에 슬픔이 차올랐다. 1브론즈로는 어림도 없었다. 혹시나 자비로운 종업원님이 아닐까 하는 희망을 품었건만.

"알겠습니다. 이 정도면 어떻습니까?"

시드가 4브론즈를 더 꺼내며 소리를 높이자 벨트라가 다급히 손가락으로 입을 가리켰다. 살살 말하라는 것이다.

여관에 처음 들어섰을 때 초인족들의 호기심 어린 시선이 이제야 사라졌는데, 목소리가 커질 때마다 힐끔힐끔 쳐다봤다.

쪽팔려 죽겠는데!

"제가 일이 바빠서요."

그때서야 '이 새끼, 진심이다' 라고 확신한 종업원은 다급히 자리를 피하려고 했다. 결국 시드는 최후의 무기를 꺼내려고 했다.

은색으로 반짝반짝 빛이 나는 실버!

하나, 벨트라가 먼저 나서서 상황을 종료했다.

"죄송합니다. 저 친구가 사정을 잘 몰라서. 물어보고 싶은

게 있습니다.”

벨트라는 2골드를 꺼내 탁자 위로 내밀었다. 종업원은 그제야 만족한 표정을 지으며 돈을 챙겼고, 시드는 자신이 해결할 수 있다는 눈빛을 팍팍 쐈지만 내심 안도하고 있었다.

어차피 시멘 용병단의 돈은 자신의 돈이 아니다.

한마디로 자신은 한 푼도 안 쓰고 정보를 들을 수 있으니 얼마나 다행인가!

“벨케를 찾습니다.”

“벨케라……. 그 이름만으로는 찾기 힘듭니다. 혹시 벨라케님을 아십니까?”

“당연히 알고 있습니다.”

벨라케! 초인족의 마탈 급! 그중에서도 최강자라 꼽혔지만 갑자기 자취를 감춘 전설적인 존재!

그를 모르는 이는 드물었다. 아직도 시인들을 통해 영웅담이 떠돌 정도이니.

“그 벨라케님이 사라지신 이후 그와 비슷한 이름이 수없이 많아졌습니다. 벨라, 벨케, 라케, 케라벨 등등. 그렇기에 단순한 이름으로는 찾을 수가 없죠.”

일행의 표정이 어두워졌다. 사실 이름 하나로 찾는다는 것 자체가 말도 안 되는데, 비슷하거나 같은 이름도 많다니…….

“그들 중에서 유명한 이들로 뽑으면 몇이나 되죠?”

시드가 끼어들었다.

그리폰이 찾아가라 할 정도이면 분명 대단한 실력자일 테다. 그렇다면 어느 정도 알려졌을 터.

"몇 명 있기는 한데 벨케, 벨케……. 아, 기억이……."

종업원의 생 쇼가 시작됐다.

자연적으로 시드의 눈동자는 벨트라를 향했고, 그는 시드에게 졌다는 듯 웃음을 터뜨리며 1골드를 더 꺼냈다.

"기억이 나는군요. 얼마 전에 어떤 여행자가 술에 취해 동료들과 나누던 얘기를 들은 것뿐이라 사실인지는 모르겠습니다. 버려진 산에서 길을 잃었는데, 그곳에서 도움을 받았다고 했습니다. 혼자서 다크 몬스터들을 다 해치웠다던가… 누군가가 그를 부를 때 벨케라고 했다고 했습니다. 뭐, 재차 말하지만 확인된 사실은 아닙니다. 여행자 분에게 들은 것이지, 벨케라는 이름으로 알려진 이는 없거든요."

"버려진 산이 어디죠?"

확인되지 않았다고 할지라도 찾아가 봐야 할 필요가 있었다.

거짓말이거나 과장됐을 수도 있으며, 진실이라 해도 다른 초인족일지 모르나 단서를 무시할 수는 없으니.

어차피 꽤 고생을 할 것이라 예측하고 있었다.

그 순간이었다. 옆 테이블에 앉아서 술을 즐기고 있던 한 여자가 일어나 다가오더니 말문을 열었다.

"지금부터는 저와 거래할까요? 제가 아는 사람 같은데.

후후.”

　“어떤 거래죠?”

　챙길 것은 다 챙긴 종업원이 자리를 뜨자, 여자는 자신의 자리에 있던 의자를 가져와 앉았다.

　그녀의 테이블에 있던 요리와 술은 여종업원이 옮겨주었다.

　당당함을 넘어선 태도에 시드는 살짝 짜증이 났지만 다른 정보를 들을 수 있을까 하는 기대에 참으며 물었다.

　“간단해요. 제가 안내해 드리죠. 단, 공짜로는 안 되겠죠?”

　시드는 초인족 그녀를 바라봤다.

　갈색 피부에 검은 머리카락을 허리까지 기른 미인이었으며, 몸매는 대단히 육감적, 키는 스피네와 비슷한 164~5cm 정도였고, 나이는 20대 초, 중반으로 보였다.

　그러고 보니 초인족은 갈색 피부가 대단히 많았다.

　“공짜로 안 된다라……. 정확히 말씀하세요.”

　거래에 있어서는 상대의 수를 미리 파악하는 게 중요하다. 그래서 먼저 부르지 않으려는 것이다.

　“음, 뭐, 제가 말하도록 하죠. 하루에 1골드씩. 만나면 10골드 추가.”

　“거리가 어느 정도 되죠?”

　“말을 타고 간다면 일주일 정도. 당연히 말은 여러분이 구입해야겠죠?"

"가는 길이신가 보군요?"

"어떻게 아셨죠?"

여자가 눈을 동그랗게 떴다. 시드는 속으로 비릿한 웃음을 흘렸다.

이 여자는 거래에 있어 초짜다.

"저희들은 그를 찾고 있고, 칼자루는 당신이 쥐고 있죠. 물론 위치가 어디인지 알게 됐으나 확실하게 만난다는 보장이 없으니까요. 그런데 너무 싼 가격을 불렀어요. 마치 돈이 목적이 아닌 듯."

시드의 입장에서 매일 1골드에, 만나게 되면 10골드는 피눈물 나는 가격이다. 하지만 일반적인 거래로 계산해 보면 터무니없는 가격이기도 했다.

정확하지도 않은 정보에 3골드를 냈고, 찾아가려는 건 그만큼 급박하면 중요한 일이라는 뜻이다.

한데, 얼마든지 더 높게 부를 수 있음에도 저 정도만 불렀다는 건 그녀에게 돈은 단지 형식적이라는 것뿐이다.

즉, 그녀도 그곳을 지나가는 길이거나 목적지일 확률이 높았다.

돈이 아닌 다른 것을 원해서 말이다.

"그렇다면 돈은 드릴 수 없습니다."

"어머, 그러면 공짜로요?"

"공짜는 아니죠. 말을 거론하셨는데, 저희가 말을 사게 되면 그쪽도 시간을 단축하고 편하게 갈 수 있죠. 또한 가는 내내 나가야 될 돈을 쓰지 않아도 되고요. 안내를 해준다면 분명 저희가 다 낼 것이라 믿을 테니. 안전적인 면도 있을 테고. 제 얘기가 틀렸나요?"

여자는 어린아이처럼 방긋 웃었다. 변명조차 하지 않으며 인정하는 것이다.

"맞아요. 그런 점들을 생각해서 제안한 거예요. 가는 길에 돈까지 벌면 더 좋은 일이고. 또한 심심하지도 않고요. 마지막으로 호기심이 들었어요."

"호기심?"

"네. 그를 찾는 타 왕국의 사람이라……. 한 번도 없었던 일이거든요. 무슨 관계인지, 혹시 그에게도 중요한 일일 수도 있으니. 뭐, 여러 이유에서죠."

"그렇다면……."

그녀의 말에서 시드는 한 가지 사실을 알 수 있었다.

"그 버려진 산에 산다는 벨케와 가까운 사이신가요?"

"네. 지금도 그한테 가는 길이고요."

시드의 표정이 밝아졌다. 단, 기뻐하기는 아직 이르다.

"잠시 저와 나가시겠습니까?"

"으응? 그러죠."

시드의 갑작스러운 제안에 여자는 의문을 가졌지만 쉽게

수락했다.

　사람을 잘 믿거나 성격이 좋은 것으로 볼 수도 있지만 스스로의 안전을 지킬 수 있다는 자신감도 있기 때문이었다.

　"그분은… 강합니까?"

　"적어도 제가 아는 이들에 한해서는요."

　"그러면……."

　여관 밖으로 나와 인적이 드문 곳으로 이동한 시드는 그녀의 대답을 듣자 마나를 천천히 끌어올렸다.

　그러다 한 번에 폭발시켰다.

　파아아앗!

　시드의 주변으로 마나의 폭풍이 휘몰아쳤다.

　여자는 중심을 살짝 잃으며 입까지 쩌억 벌렸다. 눈앞에 보이는 어린 청년이 이 정도로 거대한 마나를 보유하고 있을 것이라고는 생각하지 못했다.

　"대, 대단하군요."

　그녀는 진심을 담아 말했다. 느껴지는 마나로 봐서는 라탈 급! 외형으로 보이는 저 나이에 라탈 급이라는 것은 기적과 같은 일이었다.

　"저보다 강합니까?"

　그녀는 쓴웃음을 지었다. 시드는 그 뜻을 알아차리지 못했다. 곧 여자의 말문이 열렸다.

　"제아무리 라탈 급인 당신이라 할지라도… 상대가 되지 않을 정도로요.”

어떻게 보면 자존심이 상할 수도 있는 발언이었다. 그렇지만 시드의 표정은 오히려 환해졌다.

강하면 강할수록 자신이 찾는 벨케일 확률이 높다는 확신 때문이었다.

“그렇군요.”

“찾는 벨케라는 분이 강해야 하나 보죠?”

속내를 알아차린 그녀가 묻자 시드는 고개를 끄덕였다.

“저를 더욱 강하게 만들어줘야 하니까요.”

“아, 그렇구나.”

“거래가 아닌 동행은 어떻습니까? 필요 경비는 저희 쪽에서 다 대드리는 조건으로.”

“음, 좋아요. 하지만 확신은 못해요.”

여자는 시드에게 재미를 느끼며 수락했다. 어차피 돈은 그렇게 필요하지 않았다.

“뭐를요?”

“그가 당신들을 만날지는요. 그는 누구도 만나지 않거든요. 몇 명을 제외하고는. 그래서 저는 산 입구까지만 동행할 거예요. 그다음에는 그를 만나 확인을 받아야 하고요. 만약 그가 만나겠다고 하면 데리러 올 테고, 안 된다고 하면 저는 내려오지 않을 거예요.”

“후자일 때 저희가 찾는다면요? 그리고 누구도 만나지 않는다면… 저희를 안내하지 않는 게 낫지 않나요?"

그녀는 시드의 질문에 새하얀 이를 드러내며 웃었다. 문득 그 미소가 참 예쁘다고 시드는 생각했다.

"후후. 아까도 말했잖아요? 당신은 상대가 될 수 없다고. 더불어 그가 안 만나려고 한다면 누구든 안 만날 수 있어요. 그는 그 정도의 실력을 갖췄으니깐. 또 어차피 제가 안내를 안 해도 그리로 찾아갈 테고, 저의 안내도 입구까지예요. 그리고 그에게 득이 되는 손님일 수도 있으니."

"뭐, 저희야 시간만 단축시킬 수 있다면 상관없습니다."

"그러면 동행 성립이죠? 아참, 저 밥 많이 먹는데."

"하, 하하, 괘, 괜찮습니다!"

전혀 괜찮지 않는 말더듬.

샤인으로 인해서 초인족이 얼마나 많이 먹는지 잘 알고 있었다.

그렇지만 자기들끼리만 갈 경우, 길을 찾는 데 시간이 오래 걸릴 수도 있었고, 그리폰이 말한 벨케일지도 모르는데 만나지 못할 수도 있었다.

즉, 앞날을 위한 투자! 그 정도는 얼마든지 할 수 있었다.

"저는 라인이에요."

"저는 시드입니다."

시드와 라인은 손을 잡았고, 곧 여관을 향해 돌아갔다.

와구와구!

“…….”

모두는 멍해진 얼굴로 라인과 샤인을 번갈아 바라봤다.

라인은 마음대로 먹는데 샤인만 못 먹게 할 수는 없었다. 그로 인해 샤인 역시 자신의 식욕이 닿는 한 먹어치우고 있었다.

한데 그 양이 어마어마했다.

‘정말 초인족들이 많이 먹는구나.’

이미 배가 불러 음식에서 손을 뗀 시드는 혀를 내둘렀다.

둘뿐만 아니었다. 주변에 자리하고 있는 초인족들도 대단히 많은 양을 먹어치웠다.

잠시 후, 수많은 빈 접시가 테이블에 가득 쌓일 때쯤이야 라인과 샤인은 불러오는 배를 두드렸고, 그녀가 잠시 방으로 올라갔다.

“괜찮겠어?”

벨트라가 접시에서 시선을 떼지 않으며 질문했다.

처음 둘이 나갔다 돌아왔을 때는 기뻤다. 돈을 주지 않아도 됐고, 라인으로 인해 빠르게 찾아갈 수 있을 테니.

하지만 밥을 먹는 양을 보니 매일 들어갔을 법한 1골드는 돈도 아닌 것처럼 느껴질 정도였다.

“어쩌겠어요. 걱정 마세요.”

시드가 힘차게 외치자 벨트라는 왠지 모를 믿음이 생겼다.

그럴 일은 없겠지만 설마 시드가 계산하려는 것인가! 그렇지 않고서야 저렇게 당당할 수는 없다.

그래, 시드는 자신들보다 더 돈이 많지. 이 정도는…….

"벨트라 아저씨! 잘 먹었습니다!"

그 말과 함께 시드는 바람과 같이 순식간에 사라졌다.

풍더엉!

"우와! 따뜻하다!"

온천 안에 들어온 시드가 밝은 표정으로 외쳤다. 그러자 남자들이 뒤를 이어 온천 안에 뛰어들었다.

식사를 끝낸 뒤 방으로 돌아와 일행과 라인은 대화를 나누다가 근처에 온천이 있다는 사실을 알게 됐다.

들어보니 가격도 싼 편이었고, 메리아도 가고 싶다 하기에 시드가 특별히 자신이 낼 테니 가자고 했다.

그동안 모두 피로가 쌓였으니 풀기도 할 겸, 앞으로 지출이 심한 벨트라를 위하는 마음도 있었다.

물론 가격이 싸다는 게 제일 큰 이유였다.

그런 시드를 보며 벨트라는 속으로 웃었다. 자신한테 미안해서 그러는 게 보였다. 하지만 그는 크게 신경 쓰지 않았다.

물론 밥값에 나가는 돈은 많이 들겠지만, 앞으로 시드에게 배우면서 강해질 일을 떠올리면 정말 하찮은 가격이었다.

아니, 지금까지 배운 스텝이나 마나법만으로도 돈으로 따질 수 없는 것들이었으며, 그게 아니더라도 흡족하게 도와줄 수는 있었다.

물론 계산을 하다가 액수를 보니 왠지 모르게 삶이 슬퍼지기는 했지만.

"후, 그런데 나 깜짝 놀랐어요."

가슴까지 오는 물 안에 몸을 담근 스크푸가 상기된 얼굴로 말하자, 다들 무슨 말이냐는 듯 쳐다봤다.

"배커스 형은 아직도 성장하나 봐요."

"크큭. 그렇지? 나도 정말 부럽다."

무엇을 말하는지 알아차린 벨트라가 동의하며 배커스를 쳐다봤다.

배커스는 시선이 집중되자 수줍은 미소를 지으며 머리를 긁었다. 나름대로 기뻐하며 뿌듯해하는 것이다.

"그런데……."

스크푸가 말끝을 흐리며 시드와 우드를 쳐다봤다. 자연스럽게 모두는 손으로 웃음을 가리다가 시드와 우드에게서 살기가 뻗어 나오자 다급히 표정 관리를 했다.

시드와 우드는 아무도 모르게 온천물 속에서 손을 마주 잡았다.

벗으면 유대감이 더욱 커지는 소극적인 사이즈의 동지.

그들은 따지고 싶었다. 크기가 전부는 아니잖아요!

'5년 전만 해도 괜찮았는데…….'

그때는 그러려니 했다. 아직 어리니까. 얼마든지 더 성장

할 테니까.

하지만 5년이 지난 지금, 그것도 한창 성장기였는데도 크기에 큰 변화가 없자 시드는 좌절했다.

남자의 상징인데! 왜, 왜 이런 시련을!

전생에서는 이렇지 않았다. 그런데 그때는 다른 여자 앞에서 보여준 적이 없었다.

그래서 이번 생에서만큼은 언젠가는 꼭 사랑도 하고, 첫날밤도 멋지게 보내리라 다짐했건만…….

"아악! 라인 언니! 왜 그래요!"

"후후, 메리아. 어린 나이에 꽤 볼륨이 있네?"

그때 대나무로 가로막힌 바로 옆 온천에서 여자들의 목소리가 들려왔다.

이곳 온천은 전생의 가족탕 같은 개념으로 만들어져 있었다. 그래서 일행의 수와 비례하는 규모의 온천이 주어지고, 다른 사람들은 존재하지 않았다.

가족탕과 다른 점은 남자와 여자가 따로 즐기는 것이다.

목욕탕에 온탕, 냉탕처럼 같은 곳에 위치해 있지만 대나무 벽을 통해 남녀 구분을 두고 말이다.

"크, 크흠!"

메리아의 목소리와 함께 카네를 제외한 모두의 시선이 대나무로 향하자, 카네가 어색한 헛기침을 했다.

그때서야 다들 정신을 차리며 시선을 먼 하늘로 돌렸다. 그중에는 시드도 포함되어 있었다.

물론 시드야 메리아한테 이상한 감정은 없지만, 남자인 이상 어쩔 수 없는 본능이었다.

옆에 위치한 온천에는 메리아뿐 아니라 어디 가도 미인이라 할 수 있는 여자들이 여럿 있으니 말이다.

"저 잠시 볼일 좀."

결국 시드는 여자들의 끊이지 않는 목소리로 자꾸 민망함이 밀려오자 결국 자리에서 일어났다.

잠시 머리를 식히고 돌아올 셈이었다.

그 시각 여자들은 즐거운 시간을 보내고 있었다.

다들 온천은 오랜만이었고, 메리아나 샤인은 처음이었다.

사실 뜨거운 물과 특별한 차이는 없었다. 몸에 좋다고는 하지만 당장 눈으로 확인할 수 없는 부분이니 말이다.

그러나 분위기가 좋았다.

대나무로 막혀 있지만 야외였고, 하늘이 보였다. 다 같이 목욕하는 것도 재미있었고. 다만 메리아는 살짝 창피하기는 했다.

다른 사람들한테 알몸을 보이는 것도 그런데 모두 몸매가 좋아 자격지심도 느껴졌다.

다들 피부도 뽀얗고 예뻤으며, 갈색인 샤인과 라인도 매력적이었다. 또한 스피네는 가슴이 컸고, 아이니는 적당하고 아름다웠다. 라인은 스피네와 견줄 만한 크기였으며, 샤인 역시 자신보다 전체적으로 발육이 좋았다.

마치 자신만 여자로서의 매력이 떨어지는 것 같은 느낌이 들었다.

그래서 라인이 가슴을 만지며 나이에 비해 몸매가 좋다는 말을 했지만 왠지 모르게 시무룩해져 혼자 목까지 온천물 안에 담그고 있었다.

샤인은 막 헤엄도 치고, 다른 세 명은 가슴을 드러내거나 돌 위에 올라가 당당하게 몸매를 보이며 대화를 나누는데 말이다.

"메리아, 왜 그래?"

그런 메리아의 상태를 알아차린 스피네가 의아한 듯 물었다.

"아, 아니에요."

메이라는 고개를 저으며 회피했다. 얘기하고 싶지 않았다. 창피했다.

하나 스피네의 짓궂음 역시 만만치 않았다.

"나한테 다 얘기해 봐. 응? 어차피 우리 둘뿐이잖아?"

뭔가 재미있는 말이 나올 것 같다고 확신한 스피네가 계속 꼬드기자 결국 메리아는 자신의 고민을 털어놓았다.

"으응? 너 정도면 예쁜데?"

사실이었다. 열네 살치고는 몸매가 좋았으며 비율도 괜찮았다. 얼굴도 예쁜 편이었고.

"그렇지만, 그렇지만… 다들 저하고는 비교도 안 될 정도여서……. 오빠가 분명 안 좋아할 거예요."

"어머?"

스피네는 속으로 웃음을 터뜨렸다.

메리아의 마음은 알고 있었지만 이렇게 고민하고 있을 줄은 몰랐다.

예쁜 사람들이 시드의 곁에 많기에 자신을 마음에 들어하지 않으면 어쩌느냐는 걱정이었다.

'여자가 되어가네.'

메리아 나이에 결혼하는 이들도 있기에 어리다고만은 할 수 없지만 어릴 때부터 봐와서인지 스피네한테는 여전히 어린아이였다.

하지만 자신의 매력에 대해서 고민할 줄도 알고, 감정으로 인해 속상해할 줄도 알게 됐다.

"너 시드를 좋아하는 거야?"

메리아의 고민을 털어놓을 때부터 여자들은 목소리를 낮췄다. 크게 말하면 들린다는 사실을 잘 알기 때문이었다.

라인 역시 그 사실을 잊지 않으며 작게 물었다.

온천에 오기 전 10대인 시드와 우드, 메리아와 샤인에게는 말을 편하게 하기로 했기에 자연스레 반말을 했다.

그러자 메리아가 붉어진 얼굴로 천천히 고개를 끄덕였다.

아직까지는 메리아 스스로도 자신의 마음을 확신할 수는

없다. 남자로서인지 오빠로서인지 헷갈리기 때문이다.

질투 역시 친오빠한테도 할 수가 있으니.

단, 한 가지는 확실했다. 오빠든 남자든 시드가 좋았다.

"아, 그랬어요?"

스피네가 귓속말로 친남매가 아니라고 알려주자 라인은 방긋 웃으며 고개를 끄덕였다. 그리고 메리아의 곁으로 다가갔다.

"메리아, 너는 충분히 예뻐. 물론 남자들에 따라 좋아하는 타입은 다르겠지만 너는 그 누구한테도 사랑받을 수 있는 아이야."

"그렇지만 오빠도 남자인데 더 예쁘고 몸매가 좋은 여자를 좋아할 거잖아요."

어릴 때부터 시멘 용병단의 대화를 자주 들었던 메리아이기에 나이에 비해 많은 부분을 알고 있었다.

"말했지? 남자마다 다르다고. 그리고 너는 중요한 걸 잊고 있어."

메리아는 고개를 살짝 들어 라인을 쳐다봤다.

그녀는 자상하고 사랑스러운 표정으로 내려다보고 있었다.

"마음이야."

"마음요?"

"그래. 처음에는 겉을 보는 남자들도 있지만 시간이 지나면 그들 역시 마음의 포로가 돼. 사랑은 그 무엇도 이길 수 없고, 모든 것을 변화시켜. 난 이상형을 사랑이라고 생각해. 사랑이 쌓이면 마법을 부려서 그 사람을 이상형으로 만들어 버리거든."

"……."

"내가 볼 때는 시드는 너를 많이 사랑해. 그게 비록 동생의 마음이 크다 할지라도… 그 생각이 언제 바뀔지는 알 수 없잖아? 아직 너의 마음도 모를 테고, 지금은 또 그런 생각을 할 겨를도 아닌 듯하고. 물론 여자로 보지 않을 수도 있겠지만 한 가지는 확신해."

라인은 메리아의 촉촉이 젖은 머리카락을 쓰다듬었다.

"동생으로든 여자로든 너는 시드에게 언제나 사랑받을 테고… 그의 마지막까지 함께할 사람이라는 것을. 너는 그에게 언제나 소중한 사람이라는 사실을."

메리아는 아무런 말 없이 고개를 끄덕였다. 그런 메리아의 입술은 옅은 미소를 지었다.

자꾸 안 좋은 쪽으로 생각하니 한 방향만 보였는데, 라인의 얘기로 인해 마음속 시야가 넓어진 것 같았다.

바보였다. 언제나 사랑받고 있었는데. 매일 매일.

비록 동생으로라 할지라도 언젠가는 기회가 올 수도 있는데.

지금은 너무나 중요한 시기인데 혼자 걱정하고 속상해하

다니…….

"저, 열심히 할게요!"

메리아가 밝아진 목소리로 말했다.

그때서야 모두는 그런 메리아가 너무 귀여워서 깨물고 만지며 장난을 쳤고, 샤인만이 잘 이해가 되지 않는 듯 고개를 갸웃거렸다.

"히유?"

그러나 곧 그녀도 메리아에게 달려들어 장난을 치며 즐겁게 웃었다.

"에라이! 인간들아!"

밖에 나가서 아직도 기억하는 전생의 애국가를 부르고, 몸을 열심히 움직인 다음 온천에 들어온 시드는 소리를 질렀다.

벨트라와 우드, 트라이, 스크푸가 대나무 연결 틈을 통해 안을 보기 위해 노력하고 있었다.

그때서야 자제를 시키던 카네와 배커스가 고개를 돌리며 시드를 발견했고, 나머지 현장 검거가 된 죄인 네 명은 몸을 움찔 떨었다.

"시, 시드! 그게 아니고!"

벨트라에게 옆구리를 찔린 가장 순진한 스크푸가 얼른 변명을 하려 했다. 하나, 시드는 이미 점프를 한 상태였다.

“제 동생도 있지 않습니까!”

시드의 분노가 담긴 외침! 마나가 담긴 발차기!

그런 시드의 발차기가 향한 곳은 트라이였는데, 트라이는 기겁하며 머리를 온천물 안으로 담갔다.

상식적으로 시드의 발차기를 트라이가 절대 피할 수 없었다.

하지만 사람은 목숨이 다급해지면 간혹 초인적인 능력을 발휘한다.

바로 지금이 그러했다.

퍼어억!

분명 트라이의 얼굴이 맞고, 그가 여자들한테 날라가야 했다. 그러나 트라이는 가까스로 피할 수 있었고, 시드의 발은 여지없이 바로 뒤에 있던 대나무를 박살내 버렸다.

당연히 시드는 여자들이 있는 곳에 착지를 했고.

“오, 오빠?”

메리아는 얼굴이 새빨개져 물속에 몸을 담갔다.

“히유!”

아무것도 모른 채 샤인은 시드가 온 것에 즐거워하며 달려가 안겼다.

“어머, 시드. 보고 싶으면 말을 하지? 언제든 보여줄 수 있는데.”

대놓고 눈앞에서 몸매 자랑을 하며 놀리는 스피네.

그리고 자연스럽게 시드의 그곳을 확인한 아이니.

“픕.”

마지막으로 진심 어린 라인의 발언.

“어머, 털인 줄 알았네.”

“…….”

오늘따라 깡소주가 그리운 시드였다.

CHAPTER 06
가면의 남자

터벅터벅.

이제 열 살 정도 됐을 법한 소녀가 짙은 어둠이 내려앉은 산을 오르고 있었다.

한 치 앞도 보기 힘들 정도이지만 어둠이 아무런 방해가 안 되는 듯 거침없이 걸었고, 그런 소녀의 걸음걸이는 대단히 빨랐다.

어린아이라고 믿을 수 없는 속도.

"키킥, 안 그래도 배가 고팠는데."

밤하늘 색깔과 똑같은 검은색 로브를 뒤집어쓰고 있던 소녀가 웃음을 터뜨리며 고개를 돌렸다.

그러자 소녀의 키보다 큰 풀들이 무너지며 거대한 무언가
가 다가왔다.

그 수는 둘이었는데, 다름 아닌 다크 오우거였다.

다크 오우거! 건장한 성인 남자들이 여럿 뭉쳐도 한 마리조
차 상대할 수 없는 공포의 존재!

하지만 소녀는 전혀 긴장을 하지 않은 채 새하얀 손가락을
풀었다.

키에에엑! 크아아악!

오우거들의 거대한 괴성이 소녀의 귀를 찢을 듯 울렸다. 그
속에는 괜히 다크가 아닌 듯 마나까지 담겨 있었다.

"아아, 시끄러!"

소녀는 귀를 후비며 짜증난 표정으로 손을 내저었다.

어둠. 소녀의 손바닥에는 어둠이 물들었다. 환한 빛처럼
느껴질 정도의 밝은 어둠.

손에서 발출된 그 검은 빛은 오우거 두 마리의 목을 지나갔
고, 곧 놀라운 일이 발생했다.

마치 예리한 검에 베인 것처럼 머리가 바닥에 떨어진 것이
다.

"그러면 먹어볼까?"

소녀는 붉은 혀로 입술을 핥으며 재차 마법을 시전했다.

이번에는 불꽃이 피어올랐다. 마찬가지로 밤하늘을 옮겨
놓은 것처럼 불꽃은 검었다.

화르르륵! 지글지글!

두 마리의 오우거는 빠른 속도로 익어갔고, 고소하기보다는 살짝 비릿한 냄새가 풍겨졌다.

하나 소녀는 그 향기조차 좋게 느껴질 만큼 배가 고팠던 듯 다 익자 허겁지겁 뜯어 먹기 시작했다.

그리고 남은 고기들은 마법 주머니에 챙기고 다시 길을 떠났다.

그런 소녀의 발걸음이 멈춘 곳은 한 계곡 앞에서였다.

한 남자가 있었다. 남자는 바위에 앉은 채 계곡을 하염없이 쳐다보다 천천히 고개를 돌렸다.

"잘 지냈나?"

소녀가 물었다.

거친 머리카락을 허리까지 기른 남자는 새하얀 이를 드러내며 씨익 웃었다.

"네가 오다니 뜻밖이군."

소녀가 로브를 벗으며 웃었다.

"재미있는 일이 벌어질 것 같아서."

남자는 미소가 진해졌다. 눈앞에 있는 소녀가 그렇다고 하면 그런 거다. 그녀는 앞날을 볼 줄 아니까.

"나도 재미있어진다는 뜻이군. 기대되는데?"

소녀는 어깨를 으쓱하며 마법 주머니에서 술과 고기를 꺼냈다.

고기는 아까 전에 먹다 남은 다크 오우거였다. 소녀가 먹은 부분은 다리 한쪽이었기에 양이 어마어마했다.

"호오, 역시 예의를 아는군."

남자가 맨바닥에 앉으며 오우거의 살을 찢어 입에 넣었다. 소녀도 맞은편에 앉아 술잔을 기울였다.

둘의 술자리는 오랫동안 이어졌다.

"시드! 미안해!"

저녁, 온천에서 울며 뛰쳐나와 새벽 내내 홀로 술을 마시며 잠이 들었다.

그리고 두 시간 뒤 여관에 돌아오자 마침 1층으로 내려오던 라인이 시드를 발견하고 달려와 사과를 했다.

자신 탓이라 여겼는지 맘고생을 많이 한 듯했다.

"됐습니다."

어제와는 180% 달라진 태도!

그럴 수밖에 없었다. 남자의 자존심을 산산조각 내버리지 않았던가!

아이니야 워낙 냉혈한이니 그렇다 치더라도 좋은 사람이라 믿었던 라인이 그럴 줄이야!

털인 줄 알았다니! 아니, 그렇게 생각했어도 말을 하면 안 됐다.

우드와 영문을 모르는 메리아, 샤인을 제외하고 모두가 얼마나 웃었던가.

"남자는 크기가 중요하지 않아! 시드가 비록 털을 보유하고 있어도… 어머."

"……."

시드의 온몸에서 살기가 뿜어져 나왔다.

고의가 없다는 사실은 안다. 스피네라면 일부러 사람 속 뒤집어지는 말들을 하지만, 이 사람은 그러지 않는 것 같다.

진심으로 미안해하는 게 얼굴에 나타나니.

하지만 말리는 시누이가 더 밉다고, 실수라 할지라도 자꾸 상처를 주니 더욱 크게 와 닿았다.

'우드, 우리 힘내자.'

두 눈이 붉어진 채 사정하는 라인을 무시하며 올라가는 시드는 우드를 떠올렸다. 밤새도록 술을 마시며 확신했다.

자신이 의지해야 될 사람은 큰 적들이 아닌 소규모 사이즈의 동지들이라고

우드를 격하게 아끼고 싶어진 시드였다.

물론 그렇다고 해야 할 일은 빼먹을 시드도 아니었다.

"커어억!"

오로라의 모습을 갖춘 우드의 비명이 산 곳곳에 퍼졌다. 이를 악물며 참으려 했지만 꼬리가 산 채로 뽑히는 고통은 어쩔 수 없었다.

스피네나 카네가 함께 와줬더라면 마취라도 할 수 있었다.

그렇지만 절대 꼬리를 챙기고 있다는 사실을 다른 이들이 알게 해서는 안 된다는 시드로 인해 어쩔 수 없었다.

"크흐윽!"

사람으로 변신한 우드는 결국 서러움의 눈물까지 흘렸다.

심장에 마나를 집어넣는 일은 참을 만했지만 꼬리를 뽑히는 건 정말 아파도 너무 아팠으며, 수치스럽기까지 했다.

시드는 그런 우드를 꽉 안아줬다.

알몸인 우드의 그곳을 보자 너무나 가여워졌다. 그런 우드를 울린 자신이 죽일 놈처럼 느껴진다.

"미안하다. 앞으로는 내가 마취를 배워서라도 아프게 하지 않으마."

"시, 시드……."

우드는 감격한 얼굴로 시드를 바라봤다.

하루 동안 감정적으로 변화가 생긴 것은 시드뿐만이 아니었다.

우드 역시 시드가 젖은 눈으로 뛰쳐나갈 때 얼마나 가슴이 아팠던가!

일행의 웃음이 자신의 그곳을 향하는 듯했고, 저들과 함께 있다는 것이 싫어졌다.

따지고 싶었다. 니들이 작은 서러움을 아냐고! 누가 작게 태어나고 싶어서 태어났냐고!

결국 우드 역시 혼자 술을 하염없이 마셨다.

시드를 찾아 위로해 주고 싶었지만 얼마나 멀리 갔는지 기운을 감지할 수 없었다.

그런데 이제는 자신까지 위해주려 하다니!

과거에도 챙겨준 적은 있지만 보상이거나 혹은 더 큰 것을 바라서였다. 하지만 지금은 진심이 느껴졌다.

"앞으로 잘할게!"

"그래, 세상에는 우리 둘뿐이다!"

손바닥을 세차게 마주 잡은 시드와 우드! 서로를 바라보는 둘의 눈동자에는 우정이란 이름의 아름다운 불꽃이 피어올랐다.

그렇지만 둘만 우정이지 다른 이에게는 전혀 그렇게 보이지 않았으니.

"어머, 둘이……"

시드를 찾아 나선 라인은 손으로 입을 가리며 놀랐다.

손을 마주 잡은 채 서로를 사랑스럽게 쳐다보고 있다.

듣게 된 대화도 심상치 않았다. 우리 힘내자! 앞으로 잘할게!

거기다 우드는 알몸이고, 자신이 나타나지 않았더라면 키스라도 할 판국.

더불어 라인의 시선이 자연스럽게 아래로 움직였다. 그와 함께 볼 수 있었다.

시드와 우열을 가릴 수 없는 크기인 우드의 그곳을!

“또 털……”

“……”

“죄, 죄송해요! 두 분 잘 어울려요!”

저도 모르게 말을 내뱉은 라인은 재차 입을 가리며 사과와 함께 달렸다.

전혀 원치 않았는데 두 털에게 상처를 주고 말았다.

그래서 애써 격려의 말까지 덧붙였지만 큰 위로가 되지 않는 듯했다.

그리고 왜 우드와 시드가 서로를 사랑하는지 이해할 수 있을 것도 같았다.

“둘이 언제부터 그런 거야?”

벨트라가 두 눈을 반짝이며 물었다. 왜 기대하는지 알 수 없으나 그의 눈동자는 어느 때보다 밝게 빛났다.

“오빠, 정말 우드 오빠랑……?”

막 잠에서 깬 눈곱도 떼지 못한 메리아가 울상이 됐다.

“나는 너의 결정을 언제나 존중한다!”

메리아와의 관계를 위해 트라이는 아부를 아끼지 않았다.

“어머, 시드가 그동안 넘어오지 않았던 이유가 그거였어? 남자를 좋아할 줄이야……”

스피네가 시드와 우드를 번갈아보며 놀렸다.

“히유! 히유!”

샤인이 무언가를 급하게 적었다. 시드는 지끈거리는 이마를 만지며 그녀의 글을 확인했다.

더러워.

"……."
시드는 긴 한숨과 함께 라인을 쳐다봤다.
속에서 부글부글 끓어올랐다. 놀리는 것이라면 화를 내고, 당한 대로 갚아줄 텐데, 그녀는 여전히 진심 같았다.
정말 자신과 우드를 게이로 오해한 것.
아직까지 우드의 정체를 몰라서 게이지, 만약 우드가 오로라란 사실을 안다면 도대체 뭐라고 생각할 것인가!
"아닙니다."
시드는 자리에 앉으며 단호하게 말했다.
그리고 짜증이 가득한 목소리로 세수를 하고 나온 주인장한테 부탁했다.
"여기 독한 술 좀 주세요!"
어제는 그토록 간절히 전생의 소주가 그립더니 아침부터 술을 마시게 될 줄이야.
'악연이야.'
만남에는 두 종류가 있다. 인연, 혹은 악연.
라인은 당연히 인연인 줄 알았다. 하지만 실상은 악연이었다. 그것도 유독 자신하고 우드하고만.

또 털이라는 말에 우드랑 얼마나 흐느끼다 내려왔는지 떠올리기만 해도 서러움이 밀려왔다.

"진짜? 그런데 옷도 다 벗고……."

"그래! 옷은 왜 벗고 있었냐?"

"아, 거참! 조용히 좀 말하죠?"

시드가 눈을 부라리며 살기를 내뿜자 벨트라는 헛기침을 하며 시선을 회피했다. 목소리가 커서 일찍 깨어나 식사를 하던 몇이 힐끔거리고 있었다.

"그래, 미안하다. 조용히 얘기하마. 해명해 봐."

"알겠습니다."

시드는 대답을 하며 빠르게 머릿속을 굴렸다.

꼬리를 떼고 있다는 사실은 알려줄 수 없다. 그렇다면 자신이 물주가 될 테니까.

오해가 만들어지지 않게 잘 둘러대야 했다.

"우드가 오로라란 사실은 다들 아실 겁니다."

"캑! 오로라?"

시드의 얘기에 혼자서만 몰랐던 라인이 눈을 크게 뜨며 되물었다. 물론 주위를 의식해서인지 목소리는 아주 작았다.

"그, 그렇다면 수간……?"

시드와 우드의 몸이 휘청거렸다. 특히 우드는 정신이 얼얼할 정도였다. 오로라인 자신이 수간이라니!

수간이라면 사람과 동물이…….

"아니라고 말했지 않습니까?"

시드는 인상을 찌푸리며 얼른 떠올린 변명을 늘어놓았다. 말을 지체할수록 저 순진한 건지 멍청한 건지 알 수 없는 라인이 자꾸 헛소리를 늘어놓을 테니.

"오로라는 육지에 오래 있을 수 없습니다. 그렇지만 우드는 저와의 우정으로 함께 위험한 여정을 같이 걸어가고 있죠. 그로 인해 간혹 몸에 트러블이 생깁니다. 피부가 갈라지는 것 등등……. 그때마다 저는 우드의 온몸을 마나로 치유해 주고요."

"호, 그런 얘기는 처음 들어보는데? 아, 아니, 들어본 것 같기도 하고."

고개를 갸웃거리며 나섰다가 시드의 눈총을 받은 트라이가 다급히 말을 바꿨다.

"아직 오로라에 관해서는 많은 부분이 베일에 가려져 있습니다. 저 역시 우드와 함께 시간을 보내며 알게 된 사실이고요."

"그런데 왜 굳이 옷을 벗어야 하지?"

물 컵을 내려놓으며 아이니가 무심결에 말했다.

문득 어제의 비웃음이 떠오르며 은근히 아이니도 밉상이라는 생각이 들었지만 티내지 않으며 곧바로 설명했다.

거짓말을 할 때 가장 중요한 것은 진실이라 믿게 만드는 일이다.

버벅대서도 안 되고 시선 처리가 흔들려서도 안 된다. 횡설

수설하면 더욱 안 되고, 대답을 고민해서도 안 된다.

"우드의 몸 안에 마나를 불어넣을 때는 본래의 모습으로 돌아가야 하는데, 만약 옷을 입은 상태에서 그리된다면 다 찢어집니다. 그래서 벗고 치료를 한 뒤 사람의 모습으로 돌아와 옷을 입습니다. 한데 라인님이 치료를 마치고 옷을 입기 직전의 모습을 보고 오해를 한 것이고요."

시드는 태연하게 말했다. 곁에 앉아 있는 우드 역시 진짜인 것처럼 굴었다. 그러면서 내심 감탄했다.

그 짧은 시간에 저런 거짓말을 만들어내다니. 또한 전혀 불안해하지도 않는다.

거짓말을 할 때는 자신도 모르게 들키지 않을까 초조해하는 게 보통인데 말이다.

"아참, 우리 힘내자. 앞으로 잘할게의 뜻은 매일 몰래 숨어서 치료를 하는 거에 대한 말이었고, 우드는 저한테 미안해서 앞으로 더 잘한다는 뜻이었습니다. 저희의 우정을 그렇게 보실 줄은 몰랐습니다. 이렇게 일이 커질지도요. 오해를 하게 해 죄송합니다."

시드는 살짝 고개를 숙이며 사과하는 척했지만 속으로는 미친 듯 웃어댔다.

사과를 하면서 은근히 라인을 탓했다. 당신의 생각이 짧았고, 그걸 또 떠들어댔냐는 질책이었다.

한마디로 티 안 나는 소심한 복수!

시드의 예상처럼 모두는 이해를 하며 일부는 라인에게 농섞인 혼을 내기도 했다. 그러자 라인도 민망한 표정으로 자신의 실수를 인정했다.

"아니요. 괜찮습니다. 그럴 수도 있죠. 으하하!"

마지막까지 웃어주며 자신은 대인배라는 홍보까지 잊지 않는 센스!

누군가 그랬다! 위기는 곧 기회라고!

"날씨 좋다. 헤헤."

"그러게."

오랜만에 메리아와 단둘이 밖으로 나온 시드는 여관 근처에 있는 공원에 도착했다.

공원이라고 해봐야 별것 있지는 않았다. 벤치가 몇 개 존재했으며, 정 가운데에 소원을 비는 분수가 있었다.

그 안에 동전을 넣으면 소원이 이뤄진다는 흔한 내용이었다.

"오빠랑 단둘이 있으니깐 더 좋은 것 같아."

벤치에 먼저 앉으며 메리아가 진심을 담아 말했다.

그런 메리아를 바라보는 시드의 눈에는 미안함이 가득했다. 말만 동생이라고, 지켜주겠다고 했지 특별히 챙겨주지를 못했다.

단둘이 나온 게 정말 오랜만일 정도이니 말이다. 이것도 자신이 먼저 얘기를 꺼내지 않았다.

먼저 식사를 마친 일행이 말을 구하러 가겠다고 했고, 샤인과 라인은 여전히 먹는 일에 혼이 팔려 있었다. 그때 메리아가 둘이 바람을 쐬고 싶다고 해 같이 나오게 됐다.

"나도 좋아."

"진짜?"

"그럼. 내 동생이 세상에서 가장 좋아."

메리아의 표정이 더욱 환해졌지만 순간적으로 그늘이 졌다. 시드는 그 사실을 알았지만 이해를 하지 못했다.

"오빠."

메리아가 시드의 어깨에 머리를 기댔다. 시드는 자연스럽게 메리아의 머리카락을 쓰다듬어 줬다.

"나도… 오빠가 정말 좋아. 세상에서 그 누구보다."

"고마워."

시드는 빙그레 웃으며 메리아의 머리에 자신의 머리를 기댔다.

편안했다. 행복했다. 이 시간이 깨지지 않았으면 좋겠다. 잠깐이라도, 아주 잠깐이라도.

"에에? 인간들 아냐?"

아주 짧은 시간이라도 유지되기를 바라던 시드의 바람은 이뤄지지 않았다.

남자치고는 가는 목소리에 시드는 차가워진 눈빛으로 앞

을 바라봤다. 세 명의 초인족이 낄낄대며 내려다보고 있었다.

"남의 나라 와서 연애질이야?"

이번에는 덩치가 크고 중저음의 목소리를 가진 초인족이 시비를 걸었다.

"오빠……."

메리아가 겁에 질린 얼굴로 시드의 팔을 부여잡았다.

더욱 위험한 일을 겪고 강한 적들을 만나봤으며, 시드의 힘도 잘 알지만 천성이 쉽게 바뀌지는 않았다.

"괜찮아."

시드는 그런 메리아를 달래며 함께 자리에서 일어섰다.

초인족들이 예전과는 타 왕국 사람들을 향한 시선이 많이 바뀌었다 해도 여전히 저런 초인족은 존재했다.

그 자체가 불량한 것일 수도 있지만, 타 왕국의 사람들이라면 애초에 색안경을 끼고 보는.

하지만 탓할 수도 없는 것이 다른 왕국에서도 마찬가지였다.

아니, 샤인의 경우를 보면 오히려 심하면 심했지 덜하지는 않았다.

"허? 무시하네? 우리 무시당했어?"

말랐으나 키가 큰 초인족이 기가 차다는 듯 말했다.

반응이 있을 줄 알았는데, 대꾸 한번 하지 않은 채 돌아서서 걸어가니 황당할 수밖에.

"이 새끼가, 지금 나랑 장… 어?"

결국 덩치가 큰 놈이 시드를 붙잡기 위해 손을 뻗었다. 그런데 놀랍게도 분명히 닿을 거리였는데 잡을 수 없었다.

시드가 메리아를 팔로 안은 채 순간적으로 속도를 높인 탓이다.

'와라.'

시드는 세 명의 초인족을 비웃으며 계속 거리를 유지시켜 줬다.

그들이 따라올 수는 있지만 붙잡을 수는 없도록 말이다. 그러자 예상처럼 그들은 씩씩거리며 끝까지 포기하지 않았다.

처음부터 격차가 크면 아예 추적을 하지 않았겠지만, 자꾸 잡힐 듯하니 오기가 생기고 열이 받는 거다.

자신들이 놀림당하는 것 같기도 하고.

하나 그 모든 게 시드의 계획이었다.

자신의 안락을 방해한 벌을 주고는 싶은데 주변에 다른 초인족들이 많았다. 만약 거기서 싸움을 했다가는 그들까지 합세할 수 있었다.

모두가 그렇지는 않지만 초인족들이 타 왕국 사람한테 일방적으로 맞고 있으면 보고만 있을 수도 없을 테니.

그렇기에 시드는 인적이 드문 곳으로 그들을 유인하는 중이었다.

세 명의 초인족은 그 사실도 모른 채 도망친다고 생각하며 덫에 걸려들었고.

"후우, 이제 다 도망쳤나?"

아무도 없는 골목에 들어서자 시드는 걸음을 멈춘 채 메리아를 뒤에 서게 했다.

그러자 초인족 세 명이 비릿하게 웃으며 손을 풀었다.

일부러 변신도 하지 않은 채 따라왔다. 변신 시간을 조금이라도 아껴서 더욱 오랫동안 두들겨 패려고.

"도망친 적은 없습니다만."

시드가 여유로운 얼굴로 말하자 초인족들은 헛웃음을 터뜨렸다.

자신들은 초인족이었다. 아무런 수련을 하지 않아도 타 왕국의 인간들하고는 힘의 격차가 다른.

그것도 한 명이 아닌 셋인데, 마치 자신이 열쇠를 쥐고 있다는 태도를 취하다니……

"어린놈이 죽고 싶어 환장했구나?"

"당신들이 먼저 시비를 걸었으니 제가 할 말이군요."

시드는 손을 풀며 대꾸했다. 그 발언에 초인족들은 화를 참지 못하며 변신을 했다.

으드득! 찌지직!

괴이한 소리와 함께 셋의 육체가 다양한 모습으로 변했다.

"오냐. 죽여주지."

한 명의 초인족이 날카로운 이빨을 드러내며 말을 뱉었다.

안 그래도 화가 나는 일이 있어서 스트레스나 풀 겸 시비를 걸었는데 저토록 건방지게 나오다니, 적당히 해줄 마음이 사라졌다.

"할 수 있으시다면. 메리아."

"으웅?"

시드는 비웃음이 아닌 자상하게 웃으며 고개를 돌리며 말했다.

"눈 감아."

"응, 조심해!"

메리아는 시드의 말에 곧바로 두 눈을 힘차게 감았다.

믿었다. 자신의 오빠가 저리 자신만만하다면 절대 다치지 않고 이길 수 있을 것이다.

"자, 그러면 시작해 볼까요?"

그 말과 함께 시드의 신형이 흐릿해졌다.

"어억!"

한 명의 초인족이 신음을 토해냈다. 눈에 보이지도 않는 움직임.

변신한 그들의 능력은 이트 급 상급 정도였다. 그러니 라탈급의 속도를 당연히 파악할 수 없었다.

더군다나 시드는 일반적인 라탈 급도 아니었다.

퍼어억!

"크, 크어억!"

허리까지 틀며 체중이 실린 시드의 주먹이 옆구리에 적중 당한 초인족이 침을 질질 흘리며 무릎을 꿇었다.

단 일격이었지만 그로서는 버티기 힘든 충격.

그때서야 다른 초인족들 역시 무언가 잘못됐다는 사실을 인지했으나, 너무나 늦은 후회였으며, 상대를 잘못 골랐다.

시드는 절대 자신이 찍은 먹잇감을 놓치지 않으니.

"오빠, 이제 떠도 돼?"

"잠깐만! 이놈들 정리 좀 하고!"

잠시의 시간이 흐르고 조용해지자 말문을 열었던 메리아 는 고개를 끄덕이며 순진하게 생각했다.

안 좋은 모습을 보여주기 싫은 배려라고.

하지만 실상은 전혀 달랐다.

'으하하! 짭짤하구나!'

시드는 맞아서 기절해 있는 초인족들의 옷을 뒤지고 있었 다.

그뿐 아니라 마법 주머니까지 탈탈 털어 돈이 될 만한 것들 을 모두 챙겼다.

눈을 감으라 한 것도 때리고 난 다음에 갑자기 감으라 하기 도 뭐하고, 그렇다고 돈을 터는 모습을 보여주고 싶지 않아서 였다.

"이제 눈 떠. 가자."

메리아는 그때서야 눈을 뜨며 시드의 손을 잡았다. 자신을 위해주는 시드의 마음에 더욱 기분이 좋아졌다.

'역시 우리 오빠야.'

'안 들키고 돈 다 챙겼다.'

동상이몽이었다.

"여기는 좀 괜찮네."

고급 여관에 들어선 페이리는 주변을 둘러보며 말했다.

이전에 여관 몇 개를 들어가 봤지만 상태가 영 좋지 않았다. 그래서 스로우의 만류에도 불구하고 나왔는데, 다행스럽게도 마음에 들었다.

만족스럽지는 않아도 하루 묵을 정도는 됐다.

"괜찮지?"

"응. 요리도 맛있겠다."

페이리의 질문에 곁에 서 있던 여자가 웃으며 대답했다.

은발을 허리까지 예쁘게 길렀으며, 두 눈동자가 검은 아네뜨였다. 이번 추적에 동행하게 됐다.

"아저씨들도 얼른 오세요."

방 여러 개를 잡고 규모를 확인한 뒤 식당에 내려온 아네뜨가 느긋한 이들을 향해 손짓했다.

그러자 세 명의 남자가 그녀들의 곁으로 앉았다.

한 명은 스로우였고, 다른 한 명은 가면의 남자였으며, 마지막은 아네뜨와 함께 온 금발의 기사 나스크였다.

"요청은 어떻게 됐어?"

"아쉽게도 거절당했습니다."

요리를 주문한 다음 페이리가 묻자, 나스크가 씁쓸하게 웃으며 알려줬다.

리스네가 직접 부탁을 했지만 단지 그녀의 개인 사정을 들어줄 만큼 마르트 왕국은 우호적이지도 약하지도 않았다.

"하여튼 고집만 센 종족들."

페이리가 미간을 찌푸리며 말을 내뱉었다. 그러자 아네뜨가 서둘러 그녀에게 주의를 줬다.

"여기는 마르트야. 아무리 우리가 당할 일이 없다 해도 그런 말을 하면 안 돼."

"넌 너무 고지식해."

"괜한 싸움을 만들고 싶지 않을 뿐이야. 알았지?"

엄마처럼 아네뜨가 달래자 페이리는 더 이상 따지지 않았다. 그녀가 유일하게 약해지는 사람이 있다면 바로 아네뜨였기에.

"하아, 시드님을 얼른 뵙고 싶네요."

나스크가 기대에 들뜬 얼굴로 중얼거렸다.

과거에 잠시 시드와 함께했던 시간들이 머릿속으로 지나갔다. 직접적인 도움을 받지는 않았지만 많은 자극이 됐다.

열 살에 마탈 급. 수련이 힘들거나 지칠 때마다 그는 시드를 수없이 떠올리며 이를 악물었다.

그 결과 서른두 살이 된 지금 라탈 급에 도달할 수 있었다.
비록 갓 입문했다 할지라도 대단히 놀라운 성과였다.

"저도 만나보고 싶어요."

마법 영상으로 인해 얼굴은 봤지만 최근에 직접 본 적이 없
는 아네뜨 역시 동의했다.

자신의 이상형이라 할 수 있을 정도로 더욱 멋있어진 모습
이었다. 특히 검어진 머리카락은 아주 마음에 들었다.

그에게 딱 어울린다고나 할까?

"으음. 그런데 두 분은 왜 말씀이 없어요?"

아네뜨가 유독 침묵을 지키는 스로우와 가면의 남자에게
말을 걸었다.

"제가 수다쟁이가 되는 것 같잖아요."

귀엽게 불만을 터뜨리는 그녀.

과거의 아네뜨는 말수도 적은 편이었지만, 리스네가 공작
이 된 이후 곁에 있게 되면서 사정이 달라졌다.

여러 사람들도 만나야 했고, 자신의 입지도 달라졌기에.

그로 인해 노력을 했고, 지금은 변화했다. 자주 웃었으며
말도 많이 하려고 노력했다.

"아니야. 생각할 게 있어서."

스로우가 힘없이 웃으며 말했다. 그렇지만 가면을 쓴 남자
는 여전히 침묵만 지켰다. 하나 아네뜨는 더 이상 남자를 귀
찮게 하지 않았다.

그는 무슨 이유에서인지 리스네 외에는 얘기를 하지 않는
단 사실을 알기 때문이다.

'어떻게 될까.'

스로우는 두 눈을 감았다. 가슴이 착잡하고 무거웠다.

다른 이들은 정체를 알게 된 시드와의 만남을 들뜨고 있지
만 자신은 그럴 수 없었다.

분명 돌아가지 않을 것이다. 그렇다면 강제로 데리고 가야
했다. 한데 그러고 싶지 않았다.

'어쩌면……'

스로우는 곁눈질로 옆에 앉은 가면의 남자를 쳐다봤다. 현
재 지휘권은 자신한테 있지만, 유일하게 통제가 불가능한 인
물이었다.

과거 한 번 겨룬 적이 있었다. 완패였다. 감히 검을 겨누는
것조차 힘든 상대. 마치 마탈 급의 시드와 맞서는 느낌이었
다.

만약 그가 리스네에게 개인적인 명령을 받았다면 자신은
막을 수 없다.

설령 죽이는 일이라 할지라도 말이다.

"부탁을 드려도 되겠습니까?"

요리를 다 먹고 여러 개 잡은 방 중에서 큰 방에 모여서 앞
으로 어떻게 찾을지 의논을 나눈 뒤 각자의 방으로 돌아가기

전 스로우가 가면의 남자에게 말했다.

남자는 아무런 대꾸 없이 천천히 고개를 끄덕였다.

"한 수 배우고 싶습니다."

"이야, 두 분의 대결이라!"

옆에서 지켜보던 나스크가 기뻐했다. 그것은 티를 내지 않지만 페이리도 마찬가지였다. 강자들의 대결은 보는 것만으로도 도움이 됐다.

"지금의 제 실력을 확인해 보고 싶습니다."

아무런 대답이 없자 스로우는 재차 말문을 열었다.

한 번 실력을 겨룬 이후 4년이 지났다. 그때보다는 나아졌는지 알고 싶었다.

스으윽.

남자가 자리에서 일어섰다. 그리고 스로우를 향해 눈짓을 보냈다. 나가자는 뜻이었다.

"감사합니다."

스로우는 고마움을 표현하며 예를 갖춘 뒤 방문을 열었다. 그 뒤를 남자와 모두가 뒤따랐다.

"여기가 좋겠군요."

스로우는 여관에서 조금 떨어진 곳에 위치한 넓은 공터에서 멈췄다. 오는 길에 지나온 곳이었기에 찾기 어렵지 않았다.

다행스럽게도 주변에는 아무도 없었다. 만약 누군가 있었더라면 그들을 피하게 해야 했다. 다칠 수가 있으니.

하나, 자존심과 고집이 강한 초인족이 타 왕국의 사람들의 얘기를 쉽게 들어줄 리 만무했는데, 잘된 일이었다.

"먼저 갑니다."

스로우는 페이리와 아네뜨, 나스크가 안전거리에 있다는 사실을 확인하며 마나를 끌어올렸다.

그때까지도 가면의 남자는 마나를 사용하지도 않은 채 주시만 하고 있었다.

'단 한 번의 기회!'

연속으로 쉴 틈을 주지 않고 몰아붙여야 했다. 그렇지 않으면 자신은 방어만 하다 무릎을 꿇게 될 것이다.

즉, 연속 공격이 깨진다면 그 순간이 패배였다.

"타하압!"

스로우가 검을 지면에 꽂았다.

퍼퍼픽!

흙과 땅이 들썩거리더니 남자를 덮쳤다. 동시에 스로우는 검끝에 타오르고 있는 마나를 그에게 발출했다.

쉐에엑! 콰아앙!

그 주변으로 거대한 폭발이 일어나며 먼지구름이 스로우한테도 불어 닥쳤다.

하나 스로우는 눈 한 번 깜짝하지 않고 남자에게서 시선을 떼지 않으며 순식간에 파고들었다.

채애앵!

사선으로 내려쳐진 스로우의 검이 남자의 얇은 검에 막혔다. 스로우는 곧바로 검로를 비틀며 몸까지 회전시켰다.

그러자 검끝이 지면으로 향했다가 남자의 허리를 노리며 아래서 위로 그어졌다.

찰나 동안 이뤄진 스로우의 놀라운 실력.

하지만 남자의 반응은 더욱 빨랐다. 허리에 닿기 직전 그의 검은 어느새 스로우의 검을 쳐냈다.

챙! 콰지직! 탕!

스로우는 이를 악물며 검을 휘둘렀다. 1초에 몇 번이나 벨 정도로 빠른 움직임이었으며, 잔상까지도 남았다.

가볍게 찌르거나 베다가 마나를 심어 묵직하게 내려치기도 했다. 변칙적으로 기습을 하되 절대 흐름은 끊어지지 않도록 노력했다.

'마지막이다.'

스로우는 눈을 따갑게 만드는 땀을 닦을 틈도 가지지 못하며 뒤로 물러섰다.

단 한 번의 수비를 하지 않은 채 쉬지 않고 사방에서 공격했지만, 자신이 강해서가 아니라는 사실을 잘 알고 있다.

그가 일부러 막기만 하고 있었다. 그것도 효율적으로 방어를 할 때만 마나를 집중시키면서.

그 결과, 안 그래도 큰 차이가 나는 마나의 격차가 더욱 벌어졌다.

스로우는 이제 모든 마나를 모아 일격을 날릴 계획이었다.

"다칠지도 모릅니다."

그럴 일이 없다고 믿으면서도 동료이기에 스로우는 걱정의 말을 남긴 뒤 모든 마나를 검에 집중시켰다.

화르륵!

마나가 타올랐다. 떨어져 있는 셋조차도 두려움이 느껴질 정도로 강한 기운이었다.

그런데 남자는 여전히 지켜보기만 했다. 압도적인 차이 앞에서 나올 수 있는 여유였다.

"하아압!"

기합과 함께 스로우의 모든 힘이 회오리치며 남자를 집어삼키려 날아갔다.

그때서야 남자는 폭발적으로 마나를 끌어올리며 검에 실었다.

"마, 말도 안 돼."

"이, 이 정도일 줄은……."

"어쩌면 프리야, 아폴레 공작님보다 강할지도……."

그 엄청난 기운에 페이리와 나스크, 아네뜨는 자신들도 모르게 한마디씩 했고, 곧 둘의 마나가 남자의 근처에서 부딪쳤다.

번쩌어억!

빛의 기둥이 공터를 가득 메웠다. 그런데 놀랍게도 폭발의 여파는 떨어져 있는 셋은 물론 스로우에게까지 미치지 않았다.

그가 맞공격을 한 것이 아닌, 마지막까지도 방어만 했기 때문이다.

만약 맞불을 놓았더라면 스로우는 어쩌면 죽었을지도 모르는 일이었다.

"가르침, 감사합니다."

스로우는 돌아서는 남자를 향해 옅은 미소를 지으며 고개를 숙였다. 더불어 내심 기뻐했다.

물론 압도적인 차이가 났다. 전혀 상대도 되지 않은 패배였다.

하나 처음 대결을 할 때처럼 두려워 싸우는 게 싫지 않았다. 그만큼 자신이 발전했다는 뜻이었다.

그 사실을 확인한 것만으로도 만족스러웠다.

"아저씨, 괜찮으세요?"

"그래, 아네뜨. 걱정하지 마라."

남자의 모습이 보이지 않을 때 달려온 아네뜨에게 웃어준 스로우는 고개를 들어 하늘을 올려다봤다.

그리고 누군가에게 닿지 않을 당부를 했다.

'만나지 않기를 바랍니다. 저 사람은 아무리 당신이라 할지라도 이길 수 없으니……'

달그락달그락.

말 아홉 마리가 흙먼지를 일으키며 힘차게 달리고 있었다.

선두에는 길 안내를 맡은 라인이 있었고, 그 뒤를 시드와 일행이 뒤따랐다.

'도착할 때까지 이러고 가야 하는 건가.'

진영 가운데에 위치해 있던 시드가 속으로 한숨을 내쉬었다. 앞뒤로 매달려 있는 샤인과 메리아 때문이었다.

둘 다 자신과 함께 타겠다고 고집을 피워 어쩔 수 없는 선택이었다.

그래서 샤인이 등 뒤에서 허리를 꼭 껴안고 있고, 메리아는 마주 보며 안겨 목을 끌어안고 있었다.

남들이 보면 부러워할 광경일지도 모르나, 말이 시멘 용병단이나 라인만큼 익숙하지 않은 시드에게는 곤욕이었다.

"워워! 여기서 쉬었다 가요! 말도 휴식을 취해야 되니!"

그렇게 얼마나 달렸을까. 앞장서서 가던 라인이 냇가를 발견하자 말을 멈추고 뒤돌아 소리쳤다.

물은 마법이나 정령술로 줘도 되고 말의 피로도 역시 치료 마법으로 회복시킬 수 있지만, 잠시 쉬는 것도 나쁘지 않아 모두는 말에서 내렸다.

"와아, 예쁘다!"

시드의 부축을 받으며 내린 메리아가 신발을 벗고 냇가로 달려갔다.

시드는 마탈 급의 육체를 가진 이후 더위나 추위를 별로 느끼지 않지만, 아직 마나 자체가 미약한 메리아는 달랐다.

그녀가 찬 냇물에 발을 담근 채 발길질을 해대자 샤인 역시 합세하며 물장구를 쳤다.

"언제 말 타는 것도 배워야겠어."

우드가 메리아와 샤인을 흐뭇하게 지켜보고 있는 시드의 곁으로 다가와 말했다.

우드는 말을 타본 적이 없어 스피네의 뒤에 타고 이동 중이었다.

"배워두면 좋지."

안 그래도 해주려던 말이다.

꽤 오랜 시간을 같이 보낼 텐데, 앞으로도 말을 타야 할 때가 분명 존재할 것이다.

"아, 살짝 배고프네."

'오호라!'

그 순간, 곁으로 다가오던 라인이 배를 만지며 중얼거렸다. 그 소리를 들은 시드는 두 눈을 뻔쩍였다.

사실 아까의 복수만으로는 뭔가 계속 부족한 느낌이었다.

정신이 혼미해질 정도의 강타가 필요하다. 그래야 막힌 체증이 쑥 내려갈 것 같다.

그런데 스스로 빌미를 제공해 주다니…….

“배고프세요?”

시드가 다정한 어투로 라인에게 물었다.

“네. 아까 조금만 먹었더니······.”

‘그게 조금이었습니까?’

시드는 순간 멍해졌지만 표정 관리를 잊지 않은 채 고개를 끄덕였다.

“그러고 보니 소식을 하시더군요. 알겠습니다. 맛있는 요리를 해드리죠.”

“정말요? 와! 고마워요.”

라인은 밝게 웃었다.

자신으로 인해 마음고생을 했으면서도 이렇게 챙겨주다니! 메리아가 왜 좋아하는지 이해가 됐다.

굳이 마음씀씀이가 아니더라도 충분히 반할 정도의 외모와 실력을 갖추고 있었지만.

“아이니 누나!”

“응?”

냇가에 내려가서 세수를 하던 아이니가 고개를 돌렸다. 그러자 시드는 쏜살같이 아이니의 곁으로 다가가 귓속말을 했다.

“라인님이 누나가 만든 요리를 꼭 먹어보고 싶대. 아주 많이.”

“호오?”

아이니의 눈동자에 생기가 돌았다.

이때까지는 그 생기가 사신의 낫처럼 느껴졌지만, 지금만큼은 시드 역시 함께 즐거워했다.

"그렇게 먹고 싶다면 들어줘야지. 훗."

아이니가 얼굴에 묻은 물기를 닦으며 일어섰다. 시드는 곁눈질로 라인을 확인했다.

그녀는 여전히 앞으로 닥칠 사태를 모른 채 싱글벙글했다.

'그 웃음이 언제까지 가나 보자!'

한편으로는 불안한 마음도 들었다. 혹시 그녀도 샤인처럼 썩은 미각으로 인해 아이니의 요리를 잘 먹을까 하는.

하지만 어제저녁 물어봤었다.

혹시 초인족들은 맛을 못 느끼느냐고. 그녀는 아니라고 했다. 아무리 초인족이라도 맛있는 것은 잘 먹고 맛없으면 못 먹는다고. 자기도 마찬가지라고.

둘 중 하나였다. 미안한 마음에 토할 것 같아도 다 먹던가, 맛없다 하며 음식을 남겨 아이니의 복수를 당하던가.

어떻게 되든 복수의 화룡정점을 찍게 될 터.

"아이니님, 시드님, 잘 먹을게요!"

"네, 많이 드세요!"

시드와 아이니를 제외한 모두가 걱정스레 자신을 쳐다보고 있다는 사실도 모른 채 라인은 한 숟가락 가득 떴다.

그리고 잠시 후,

"정말 맛있게 잘 먹었어요!"

"……."

시드는 멍하니 라인을 쳐다보다 아주 조금 남은 요리를 긁어서 입에 넣었다.

혹시 그럴 일은 없겠지만 오늘 아이니의 요리가 정말 맛있나 확인하기 위함이었다.

'커, 커억!'

하나 역시나였다.

아이니의 요리 실력은 고집 있었다. 이전과 변함없는 맛.

혀가 차라리 죽여달라고 외치는 것 같다.

그런데 라인은 아이니에게 다음에 또 만들어달라며 부탁까지 하고 있다.

'도대체 초인족한테 맛없는 것은 뭐냐?'

정말 미스터리였다.

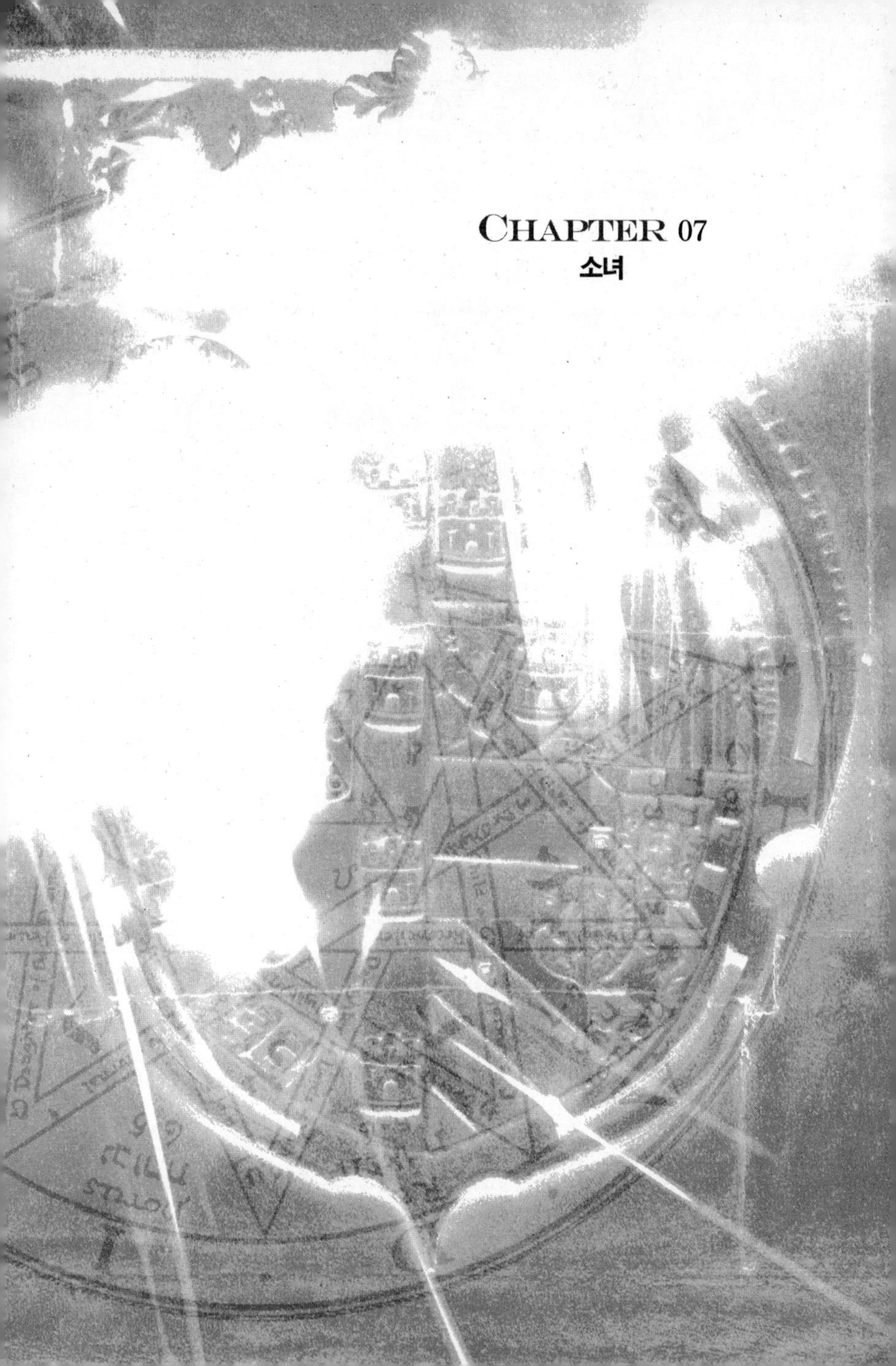

CHAPTER 07
소녀

"다 왔어요."

말을 타고 10일 정도를 달렸을 때, 목적지에 도착했다.

"이곳이 왜 버려진 산이죠?"

시드는 넓고 웅장한 산을 쳐다보며 물었다. 그동안 이유에 대해 듣지 못했다.

"유독 몬스터가 많은 곳이죠. 다크 몬스터도 많고요. 그 이유에 대해서는 마족이 강림했었다는 곳이라는 등, 여러 설이 있지만 확실하지는 않아요."

"그렇군요."

시드는 수긍을 하며 고개를 끄덕였다.

그러고 보니 몬스터의 기운이 꽤 많이 느껴졌다. 입구에서도 이 정도라면 산 전체에는 대단히 많은 놈들이 기거하고 있을 테다.

'꽤 수입을 올릴 수 있겠군.'

뭐든지 돈으로 시작해 돈으로 끝나는 시드.

다른 이들은 찾지도 않을 정도로 공포의 산이지만 시드는 오히려 기뻐한다.

"그러면 여기서 기다리세요. 제가 올라갔다 올 테니."

"알겠습니다. 잘 부탁드립니다."

"저한테 부탁해도 그분이 안 본다 하시면 어쩔 수 없어요. 이해해 주실 거죠?"

"그럼요."

시드는 거짓된 미소를 지으며 대답했다.

만약 만나지 못하게 된다면 산을 다 엎어버릴 생각까지 하고 있었다.

"누가 왔다고 전해 드려요?"

"그리폰의 제자가 찾아왔다고 해주세요."

"그리폰?"

벨케는 자신의 이름을 모른다. 또한 강해지기 위해서 찾아왔다고 해봤자 모르는 사람이면 거절당할 확률이 100%이고.

그렇기에 가보라고 했던 그리폰의 이름을 댔다. 그러자 라인이 고개를 갸웃거렸다.

“들어본 이름인데…… 알겠어요.”

“그러고 보니 언니는 우리 오빠한테 말 안 놓네?”

10일이나 함께했음에도 라인은 시드와 우드에게 계속 존 댓말을 했다. 한 살 어린 메리아나 또래인 샤인한테는 편하게 말하면서 말이다.

“아.”

메리아의 질문에 라인은 아무렇지 않게 대답했다.

“시드님과 우드님은 겉늙어서. 외모만 보면 내 또래로 보이잖아. 그래서 그래. 다녀올게요!”

그런 다음 변신을 하더니 빠른 속도로 사라진 라인.

“크큭.”

“프으읍!”

일타이피를 당한 시드와 우드는 서로를 서글프게 쳐다보다 뒤에서 들리는 힘겹게 웃음 참는 소리에 찢어진 눈으로 노려봤다.

그러자 웃고 있던 시멘 용병단은 황급히 시선을 회피했지만 이미 늦은 대처였다.

그날 저녁 수련 시간, 버려진 산 입구에서는 비명이 끊이지 않았다.

“꽤 오래 걸리는구나.”

늦은 밤, 시드는 산 입구를 쳐다보며 중얼거렸다.

라인은 오후에 떠났는데도 아직도 돌아오지 않았고, 시드는 불안한 마음을 감출 수 없었다.

혹시 거절당해서 안 오는 것이 아닐까? 그녀의 성격이라면 미안해서 그럴 수도 있을 듯했다.

"아니야. 일단 내일 아침까지는 기다려 보자."

버려진 숲의 규모가 정확히 어느 정도인지 모르고, 벨케가 있는 곳과는 또 얼마나 떨어져 있는지도 알 수 없다.

더군다나 내려오는 시간도 필요할 테고 말이다.

조금 더 기다려 봐야 했다. 만약 내일도 안 올라온다면 찾아다녀야 하겠지만.

"우드."

"으응?"

시드는 잠이 들어 있던 우드를 깨웠다. 그는 두 눈을 비비며 힘겹게 일어났다. 예전이라면 인상이라도 찌푸렸겠지만 이제는 그러지도 않았다.

털에 이어 겉늙은 외모까지 동질감을 느끼기 때문에.

물론 우드는 겉모습은 얼마든지 바꿀 수 있었지만, 그러면 홀로 상처받게 될 시드를 위해 지금의 모습을 유지하고 있었다.

일명 꽃피는 우정!

"혹시 모르니 네가 지키고 있어라."

"너는 어디 가려고?"

"산 지형 좀 파악해 놓게."

몬스터를 잡아 족쳐 돈을 벌고, 마나에 도움이 될 만한 약초를 찾을 속셈이었지만 시드는 둘러댔다.

타타탁!

시드는 메스토의 스텝을 발휘하며 빠르게 달렸다.

스텝은 마나의 소모가 적어 회복 시간도 빨랐다.

그래서 5분이 되기 전까지 스텝을 발휘해 찾아다니고 잠시 휴식의 반복 패턴으로 이동할 계획이었다.

'요놈들.'

스텝을 발휘한 지 1분 정도가 흘렀을 때 시드는 첫 몬스터 무리를 발견했다.

메스토의 스텝이 워낙 빠른 점도 있었지만 괜히 버려진 숲이 아니었다.

시드는 이 산에서의 핑크빛 수입을 꿈꾸며 주먹을 풀었다.

전에는 힘 조절을 잘못해 몸집에 상처를 남기기도 했지만, 이번에는 절대 그런 실수를 하지 않으리라.

"네놈인가?"

"웅?"

막 몬스터를 향해 돌진하려던 시드는 갑작스럽게 뒤에서 들리는 목소리에 대답을 했다가 흠칫 놀랐다.

파아앗!

시드는 다급히 뒤로 몸을 날렸다. 그런 시드의 이마에는 식은땀이 맺혀 있었다.

'적?

시드는 이를 꽉 깨물며 언제 나타났는지 알 수 없는 한 남자를 쳐다봤다.

어둠 속에서 그의 모습이 또렷하게 보였다. 그의 긴 머리카락이 거칠게 휘날렸으며 두 눈동자는 만인을 굴복시키는 힘이 있는 것 같았다.

'위험하다.'

목소리를 듣기 전까지 접근한 사실조차 알지 못했다.

아무리 몬스터에 시선이 팔려 있었다 할지라도 믿을 수 없는 일이었다.

자신이 다른 이의 기척조차 알아차리지 못하다니.

사아아!

바람이 불었다. 그와 함께 시드는 몸에 소름이 돋아 있다는 사실을 느꼈다. 그 정도로 눈앞에 있는 상대는 두렵기까지 했다.

"어디 한번 볼까?"

남자의 목소리가 귀를 파고들었다.

시드는 마나를 최대치로 끌어올렸다. 힘을 아껴가며 싸울 수 있는 상대가 아니었다. 한 번에 모든 마나를 실어 공격한 다음 달아나야 했다.

온몸이 경고했다. 감히 자신이 상대할 수 있는 상대가 아니라고. 도망치라고.

파아앗!

시드가 검을 꺼내 마나를 집중시키자, 검을 감싼 마나가 어둠을 밝혔다.

그때 힘을 느낀 몬스터들이 달아나는 소리가 들렸지만, 시드는 아쉬워할 틈도 없었다. 당장 목숨이 왔다 갔다 하는 판국이니.

"호오, 쓸 만하구나!"

남자가 재미있다는 듯 웃었다. 반대로 시드의 표정은 점점 굳어갔다.

"당신은 누구죠?"

"알 필요 있느냐? 나를 이긴다면 알려주마."

"하! 농담이 심하시군요."

시드는 쓴웃음을 흘렸다. 한마디로 가르쳐 줄 마음이 없다는 뜻이다.

"타하앗!"

시드의 입가에서 미소가 사라지는 순간, 그는 메스토의 스텝으로 빠르게 파고들었다.

시간을 끌어봤자 불리한 것은 자신이었다. 도망칠 시간까지 계산하려면 무모하더라도 당장 공격해야 했다.

아니, 많은 시간이 주어진다 해도 저자에게는 빈틈이 존재하지 않았다. 그 정도로 힘의 격차가 컸다.

콰지지직!

시드와 그의 검이 부딪쳤다. 그와 함께 시드는 그리폰의 최대 비기를 시전했다.

이토록 맞붙은 거리에서 단 한 번도 써본 적이 없어 자신 역시 피해를 입을지 모르지만 어쩔 수 없었다.

웬만한 공격은 씨도 안 먹힐 상대였으니.

번쩌억!

시드의 검에서 눈을 찢을 법한 빛이 발출됐다. 곧 빛은 남자와 시드를 덮쳤고, 거대한 폭발이 일어났다.

콰아아앙!

"뭐, 뭐야?"

두 눈을 감고 있지만 잠들지 않았던 우드가 벌떡 일어섰다. 놀란 이는 그뿐만이 아니었다.

저녁 내내 육체 훈련이라는 핑계로 온갖 고생을 다 했던 시멘 용병단과 샤인, 메리아도 화들짝 놀라며 깨어났다.

그뿐 아니라 줄에 묶여 있던 말들 역시 두려움을 느끼며 발버둥 쳤다.

감히 잴 수도 없는 엄청난 마나의 폭발이었다.

"무슨 일이야?"

가장 먼저 정신을 차린 벨트라가 우드에게 달려가 물었다.

하지만 우드도 지금의 상황을 알지 못했다.

다만 한 가지는 확신했다.

"시드가 싸우고 있다!"

우드는 그 말과 함께 폭발이 일어난 지점으로 달려갔다.

불안했다. 시드를 만난 이후 말도 안 되게 강한 인간들을 몇 만났지만 지금의 것은 규모 자체가 달랐다.

어쩌면 자신이 살아온 평생 동안 가장 강한 인간을 만나게 될지도 모른다는 생각이 들었다.

그것도 편이 아닌 적으로 말이다.

"메리아, 이리 와!"

모두는 우드의 뒤를 따라 뛰었다.

그러나 메리아는 속도가 느렸다. 아직 마법을 시전할 줄도 몰랐고 말이다. 그래서 트라이가 그녀를 부르더니 껴안고 달렸다.

평소였다면 트라이는 음흉한 표정을 지었을 테고 메리아는 거부했겠지만, 둘의 얼굴에는 걱정밖에 존재하지 않았다.

"오빠, 오빠……."

메리아는 결국 트라이의 품에서 눈물을 터뜨렸다.

그녀는 아직 마나에 대해 정확히 알지 못한다. 하나 시드의 호흡법을 하면서 소량의 마나를 쌓으면서, 지금의 힘이 얼마나 거대한지 추측할 수 있었다.

언제나 늠름하고 믿음직스러운 시드였지만 지금만큼은 걱

정과 두려움이 온몸을 지배했다.

"시드! 시드! 젠장!"

폭발 지점에 도착한 우드는 큰 목소리로 시드를 부르다가 결국 오로라의 본모습으로 돌아갔다.

꼬리가 없지만 시력이나 목소리의 크기 등, 여러 면에서 지금의 상황에 유용하기에.

"크아아앙!"

오로라의 거대한 포효가 산 전체를 흔들었다. 근방에 있던 몬스터들은 겁을 먹으며 몸을 감췄다.

우드는 눈에 힘을 실으며 주위를 살폈다.

사람일 때보다 훨씬 더 넓은 지형이 시야에 들어왔다. 그런데 시드는 없었다.

그 찰나, 우드는 등골에 소름이 돋았다.

한 남자가 자신의 귀 위에 앉아 말했기 때문이다.

"그놈의 동료인가?"

"허억!"

시드는 두 눈을 뜨며 정신을 차렸다.

"여긴 어디지?"

머릿속이 복잡하게 일그러져 있었다. 그러다 가장 먼저 알아차린 것은 처음 보는 풍경이란 사실이었다.

나무들로 이루어진 곳, 근처에는 계곡이 있는 듯 물소리가 들렸다.

"살아 있나?"

시드는 온몸을 살폈다. 놀랍게도 부상의 흔적이 전혀 없었다. 누군가 치유를 해준 것 같다.

"어제 분명……."

몸의 상태까지 확인한 뒤 기억을 더듬었다.

폭발과 함께 부상을 입었어야 했다. 꽤 심각한 정도였다. 온몸 곳곳에 상처가 생기며 출혈이 발생했으니.

물론 그만큼 상대 역시 데미지를 입었겠지만 말이다.

시드는 달렸다. 발이 닿을 때마다 통증이 온몸을 쑤시고, 출혈이 더 심해졌지만 어쩔 수 없었다.

살아야 했다. 어떻게든 사는 게 중요하지, 이곳에서 정체도 알 수 없는 적한테 개죽음을 당할 수는 없었다.

하나 바람은 이뤄지지 않았다.

마나를 발휘한 지 4분 정도가 됐을 때, 시드는 바로 곁에서 호흡 소리를 들을 수 있었다.

그가 일부러 속도를 일정하게 맞추며 옆에서 따라오는 것이었다.

그리고 그의 말소리와 함께 복부에 강력한 충격을 느꼈다.

"동료를 구하려고 반대 방향으로 도망치는군. 쓸 만해."

그 후로 의식을 잃었다.

'적은 아니었나?'

시드는 자리에서 일어서며 곰곰이 생각했다.

시멘 용병단이나 모두가 자신과 남자를 찾았다 할지라도 이길 수 없었을 것이다. 아니, 분명 몰살이었다.

그렇기에 일부러 입구로 가지 않았다.

즉, 자신이 살아 있다는 것은 그가 죽이지 않았다는 뜻이다.

'왜지?'

목숨이 붙어 있는 사실은 불행 중 다행이었다. 문제는 갑자기 공격해 놓고 목숨은 살려준다? 이유를 알 수 없었다.

"잠깐."

그때 시드의 표정이 일그러졌다. 자신은 살아 있다. 한데 시멘 용병단과 메리아, 샤인, 우드는? 그들은 어떻게 됐을까?

시드는 다급히 풀을 헤치며 뛰었다. 마나는 의식을 잃은 사이 회복돼 있었다. 해가 머리 위에 떠 있는 것을 보니 꽤 시간이 지난 듯했다.

"제발, 제발!"

간절히 바라며 저도 모르게 물소리가 난 곳으로 달린 시드는 마지막 풀을 헤치며 앞으로 뛰쳐나갔다.

그리고 보았다. 계곡에서 즐겁게 놀고 있는 일행을.

"시드! 깨어났어?"

가장 먼저 우드가 시드를 발견하며 소리쳤다. 왠지 그 모습이 순간적으로 얄밉게 느껴졌다. 진심으로 걱정했는데……

'아무 일 없으면 다행이지.'

곧 실소를 터뜨리며 마찬가지로 손을 흔들었다.

"오빠!"

"히유!"

그러자 트라이가 또 잘못을 했는지 합심해서 구타를 하고 있던 메리아와 샤인이 시드를 발견하고 달려와 품에 안겼다.

"오빠, 괜찮아?"

메리아의 두 눈이 붉어졌다. 자신이 의식을 잃고 있는 사이 많은 걱정을 한 듯했다.

"응, 걱정하지 마."

시드는 메리아의 젖은 머리카락을 쓰다듬어 주며 힘주어 안았다. 그로 인해 샤인 역시 더욱 끌어안게 됐고, 둘은 기분이 좋은지 시드의 볼에 뺨을 비볐다.

"정말 걱정했네."

"그래, 큰일 나는 줄 알았지."

카네와 벨트라가 계곡에서 나와 한마디 하자, 시드는 메리아한테는 차마 하지 못했던 소심함을 꺼냈다.

"그래서 계곡에서 놀고 계셨군요?"

상식적으로 걱정되는데 계곡에서 물놀이를 하는 게 말이 된단 말인가!

"라인이 괜찮다고 해서 말이지."

벨트라가 어색하게 웃으며 설명했다.

"라인요?"

시드는 두 눈을 크게 뜨며 되물었다. 동시에 자신이 여기에 온 목적이 떠올랐다.

'그와 라인이 나를 구해준 건가? 아니, 혹시……'

문득 라인의 말이 떠올랐다. 라탈 급인 자신도 상대가 되지 않는다던……. 그렇다면…….

"시드님!"

뒤에서 익숙한 목소리가 들리자 시드는 고개를 들렸다. 그리고 쓴웃음을 흘렸다.

그곳에는 라인과 함께 그 남자가 서 있었다.

"놀랐나?"

벨케와 단둘이 커다란 바위에 앉아 있던 시드는 아무런 대답을 하지 않았다.

마음 같아서는 온갖 욕을 해주고 싶었지만, 자신은 도움을 요청하러 온 상태였기 때문에 참았다.

그렇다고 아니라 하기에는 빤한 거짓말이었다.

"원래는 그럴 의도가 없었다. 한데 내려가는 와중에 너의 기척을 느꼈지. 그리고 생각이 바뀌었어. 나라는 사실을 모르고 싸울 때 전력을 발휘할 수 있을 테니."

"그러셨군요."

시드는 순순히 수긍하는 척했지만 속에서는 욕을 내뱉고 있었다.

만약 5분을 넘겼더라면 어떤 위험이 도달했을지 모른다. 물론 그가 사실을 몰랐기 때문에 이해는 했지만 말이다.

"결론은 꽤 쓸 만했어. 그리폰보다 낫더군. 그는 언제 떠났나?"

시드는 놀람을 감추지 않으며 벨케를 쳐다봤다. 그리폰에 대해 말한 적이 없는데 도대체 어찌 알았다는 말인가?

"네가 혼자 왔으니 당연히 그놈은 죽었겠지. 살아 있다면 너를 홀로 보내지 않았을 테니."

추측과 확신은 다르다. 그만큼 그리폰을 잘 안다는 뜻이다.

시드는 서글픈 표정으로 그리폰이 떠난 그때를 알려줬다.

"그렇군. 여기를 떠난 이후 그놈한테 많은 일이 있었구나."

벨케는 잠시 침묵을 지키며 하늘을 쳐다봤다. 문득 그 모습에서 카란이 떠올랐다. 과거 카란도 저랬었다.

차이점이 있다면 카란은 그리폰의 제자였고, 벨케는 스승이라는 점이다.

"이제 자네에 대해 얘기를 해볼까?"

하늘에서 고개를 떨어뜨린 벨케가 시드를 빤히 쳐다보며 말하자, 시드는 시선을 피하지 않고 고개를 끄덕였다.

"네놈이 의식을 잃었을 때 몸을 점검해 봤지. 재미있더구나."

기분이 상할 수도 있는 일이었지만 시드는 그러려니 했다.

치유를 하기 위함일 수도 있을 테고, 그게 아니더라도 벨케라면 괜찮았다.

자신이 스승으로 삼고 싶은 사내이니까.

처음에는 단지 강해지고 싶은 욕구가 컸다. 그렇지만 어제 벨케의 힘과 정면으로 맞선 이후로는 이 남자에게 배우고 싶다는 바람이 커졌다.

"하나씩 얘기해 보자. 네놈, 마탈 급이었나?"

"과거에는요."

벨케는 이를 드러내며 기대심에 가득 찬 표정으로 다음 얘기를 기다렸다.

"다만 힘을 모두 잃었습니다."

"힘을 잃었다……. 하나도 남김없이?"

"네, 그리폰의 마나까지도요. 그리고 5년이 지나 지금의 수준까지 회복했습니다."

"하하! 5년 안에 라탈 급이라? 무슨 호흡법을 쓰느냐?"

시드는 대답을 할까 말까 잠시 갈등했다. 그렇지만 지금은 솔직히 드러내는 게 낫다고 판단했다.

"샤리스의 호흡법입니다."

"샤리스……. 아아, 호흡법으로 알려졌던 인간을 말하는군. 대단한데? 5년 만에 이 정도 마나를 회복하다니. 다만 그뿐만은 아닌 듯하군."

'알고 있군.'

당연히 알 수밖에 없을 것이라 생각했다.

그리폰도 알아차린 것을 그가 모를 리 없었다. 몸까지 점검해 봤으니.

"마나가 흘러들어 올 때 온몸으로 빨아들이더군. 놀랐다. 어떻게 그럴 수가 있지?"

"저도 모릅니다. 태어날 때부터 그렇게 됐습니다. 그리폰 역시 감탄하더군요."

"그래? 좋아, 좋아."

그는 거짓말을 하지 않으리라 확신하기 때문인지 한 치의 의심도 하지 않았다.

"마지막 질문이다. 타고난 축복에 마탈 급의 육체를 가진 놈이 왜 몸을 그따위로 만들었냐?"

"무슨……?"

시드는 바로 이해를 하지 못해 되물었다.

한 가지 사실이 스쳐 지나갔지만 확실하지가 않았다. 설마 금기의 수법마저 알아차렸다는 말인가?

"네놈, 힘을 오래 못 쓰지?"

"어떻게 그것까지……."

"예전에 내가 아는 놈이 금기의 수법을 쓴 적이 있었다. 그 놈의 상태가 너와 비슷했다. 그놈을 치유하기 위해 많은 노력을 해봤기에 알 수 있었지. 네놈도 똑같은 상태라는 사실을."

"그렇다면 혹시……."

시드는 내면에서 기대가 부풀어 올랐다.

만약 치유할 수 있는 방법을 벨케가 안다면? 자신은 치명적인 약점이 사라지게 된다.

하지만 시드의 바람을 알아차린 벨케가 고개를 저었다.

"미안하지만 나 역시 고칠 수 없었다."

"그렇군요."

씨이익.

시드가 풀이 죽은 얼굴로 대답하자 벨케가 재차 웃었다. 그 웃음이 라인처럼 잘 어울린다는 생각이 들었다.

"단, 시간을 늘릴 수는 있었지."

"정말입니까?"

"그래. 당시 그놈은 마나를 2분 이상 사용하면 위험했다. 수많은 노력과 실험 끝에 6분 동안 쓸 수 있게 됐지. 물론 네놈이 잠들어 있을 때 내가 할 수 있는 것은 해놓았다."

시드의 표정이 밝아졌다.

"저는 몇 분이나 힘을 발휘할 수 있죠?"

"모른다. 네가 직접 확인을 해봐야 될 것이다."

"알겠습니다."

시드는 침을 꿀꺽 삼키며 자리에서 일어섰다.

스스로 그 고통을 만들어야 한다는 점이 내키지 않지만 확인하려면 그 방법밖에 존재하지 않았다.

"상대는 내가 해주도록 하지."

“감사합니다.”

벨케가 바위에서 풀쩍 뛰어내리더니 말했다. 시드는 고개를 숙이며 고마움을 표시했고, 곧 비장한 표정으로 마나를 끌어올렸다.

“하아! 하아!”

“괜찮아요?”

“네, 괜찮습니다.”

고통이 끝나자 라인이 다가와 손을 내밀었다. 시드는 그 손을 잡고 일어나며 혀를 쭉 내민 채 웃었다.

지쳤다. 피곤하고 아직도 몸이 쑤신다. 하나 기분은 좋았다.

직접 확인을 해본 결과 15분 동안 마나를 발휘할 수 있었다.

물론 여전히 약점이기는 하지만 기존보다 세 배나 늘어났다. 정말 절이라도 해주고 싶은 심정이었다.

“벨케님은?”

“안주를 구하러 가셨어요. 이런 즐거운 날 술이 없으면 안 된다고. 요즘 심심해하셨거든요.”

“그렇다면 저를 제자로……?”

“직접 데리러 나가셨을 때부터 저는 그렇게 생각했는걸요?”

"정말이죠?"

시드는 제자리에서 펄쩍 뛰었다.

태어나 벨케처럼 강한 이는 본 적이 없었다. 시드가 만난 사람들 중 가장 강한 이는 카란과 프리야 공작이었다.

하지만 벨케는 그들보다도 월등했다.

그런 벨케의 가르침은 자신에게 분명 더 높은 깨달음과 지름길이 되어줄 테다.

"아참, 그런데 라인님은 벨케님과 무슨 관계시죠?"

친한 사이인지는 알지만 정확히는 모른다. 그의 거처까지 아는 것을 보면 분명 아주 가깝다는 뜻인데.

"아, 저희 아빠예요."

"그러시군요. 으하하… 네?"

웃음을 터뜨리던 시드는 자신의 귀를 의심하며 되물었다.

"아빠라고요. 친딸은 아닌데, 어릴 때 부모님을 잃은 저를 아빠가 양딸로 삼았어요. 그래서 그리폰 아저씨도 알고 있고요. 입구에서 들었을 때는 너무 오랜만이라 곧바로 떠올리지 못했지만."

"그, 그랬군요."

대답을 하는 시드는 안도의 한숨을 내쉬었다.

그날 아이니의 요리가 입맛에 맞지 않았다면 그녀는 분명 눈치챘으리라. 자신이 골탕 먹이려 했다는 사실을.

만약 그렇게 됐더라면, 그리고 벨케한테 일렀다면? 생각만 해도 끔찍했다.

"그런데 그분은 어디 가셨지?"

"그분이라뇨?"

"아, 아빠 아는 분이 와 계셨거든요. 저도 몇 번 본 적이 있는데 마녀예요! 생긴 건 전혀 마녀 같지 않지만."

"마녀요?"

시드는 호기심을 가지며 대꾸했다.

전생처럼 이곳도 마녀에 대한 여러 가지 설이 있었지만 아직까지 단 한 번도 만난 적이 없었다.

"네, 아까 잠시 어디를 다녀온다 했는데 아직 안 오시네요. 아, 이럴 때가 아닌데. 전 술 좀 꺼내올게요. 아빠가 차려놓으라 했는데 깜빡했네요."

"알겠습니다."

라인이 그 말과 함께 어딘가로 향하자 시드는 몸을 풀며 바위에 걸터앉았다. 더불어 샤리스의 호흡법을 시전했다.

가만히 있어도 마나가 회복되지만 직접 호흡법을 하는 것과는 당연히 차이가 컸다.

쿠웅! 쿠웅!

그렇게 10여 분 정도가 지났다고 느꼈을 때, 둔탁한 소리와 함께 시드는 두 눈을 뜨며 고개를 돌렸다.

"이 정도면 충분하겠지?"

그곳에는 벨케가 서 있었다. 그는 흡족한 얼굴로 손을 털고 있었는데, 벨케의 발 아래로 몬스터들이 보였다.

모두 다크 몬스터로 오우거부터 이름을 알 수 없는 놈들도 있었다.

불현듯 시드의 머릿속으로 불길한 예감이 스쳐 지나갔다.

"혹시 안주라는 게……."

"그렇지! 이놈들이 안주다. 정말 맛있는 놈들이지. 내가 특별히 살코기가 부드러운 놈들로 골라왔다. 오우거는 비계를 싫어하는 이들도 있으니 잡았고."

시드와 물놀이를 하고 있던 모두의 표정이 사색이 됐다.

몬스터를 구워 먹다니! 짐승은 잡아 먹어봤지만 몬스터는 경험이 없었다. 아니, 먹고 싶은 마음도 들지 않았다.

"응? 왜 입맛에 안 맞는 건가? 다른 안주로 준비할까?"

사아아!

'그렇게 살기를 내뿜으며 말하시면…….'

말투는 원하는 걸 해줄 듯하지만 벨케의 전신에서 뿜어져 나오는 살기.

마치 바꿔달라고 하면 당장 목이 떨어질 것 같다.

"으, 으하하! 바꾸기는요! 완전 좋아합니다! 다들 그, 그렇죠?"

"그, 그럼!"

"그렇다네! 허, 허헐!"

시드가 돌아보며 묻자, 벨트라와 카네를 시작으로 모두가 한마디씩 대답했다. 차갑고 솔직함의 대명사인 아이니조차 거짓말하게 만드는 벨케의 힘.

그러나 시련은 아직 끝이 아니었다.

"아! 아빠."

"왜 그러냐?"

"아이니님 요리 정말 맛있어! 해달라고 해서 같이 먹자!"

"그래? 좋지! 기대되는군."

"……."

시드는 미리 위장을 추모했다.

"으하하! 인생 다 그런 거 아니겠습니까!"

술자리는 날이 저물기 시작할 때까지도 이어졌다. 시드의 취한 목소리가 크게 울렸다.

시드가 이렇게 취한 데는 이유가 있었다. 바로 끔찍한 안주들 때문이었다.

그렇다고 안 먹을 수도 없었다. 벨케가 몬스터 구이와 아이니의 요리를 각자의 앞에다 덜어준 탓이다.

그 양은 대단히 많았는데, 안 먹고 있으면 벨케가 맛이 없냐면서 눈치를 줬다.

그로 인해 진정 맛있어하는 벨케와 샤인, 라인을 제외한 모두는 빈속에 술을 들이부었다. 일단 만취를 해야 먹을 수 있을 것 같았다.

시드 역시 몬스터는 먹을 만했으나, 아이니의 요리는 여전히 감당이 되지 않아 꽤 많은 술을 마셨다.

단, 메리아는 어린 외형 탓인지 벨케가 유일하게 살기를 내뿜지 않으며 먹고 싶은 걸 먹으라고 해서 그녀는 마른 음식으로 배를 채웠다.

"앞으로 자주 부탁해야겠어."

취기가 올라 목소리가 높아진 벨케가 아이니를 보며 말하자, 모두는 술이 확 깨는 것을 느꼈다.

지금도 자신들의 혀와 위장한테 죄송해 죽을 지경인데, 아이니의 요리를 자주 먹어야 된다니!

그러나 누구도 감히 벨케한테 대들지 못했다.

모두가 가장 두려워하던 시드조차 아무 말 못하고 눈치를 살피는데 자신들이 어찌 나서겠는가!

더군다나 앞으로 오랜 시간 함께 지내야 했다.

여기서 반기를 들었다가는 앞으로 이별 전까지 죽여주세요 하는 것밖에 되지 않았다.

"네놈, 잠깐 나랑 얘기 좀 할까?"

"네, 알겠습니다."

날이 완전히 저물어도 마법으로 만든 빛으로 시야를 밝히고 계속해서 술을 마실 때, 벨케가 계곡 옆에 인위적으로 만들어진 굴로 들어가며 시드한테 얘기했다.

시드는 이유를 알 수 없지만 개인적으로 할 말이 있다고 느끼며 그 뒤를 따라가다 마나를 끌어올렸다.

차아악!

시드의 몸에서 수증기가 뿜어져 나오더니 지독한 알코올 향이 진동했다. 마나를 이용해 술을 빼낸 것이다.

어떤 중요한 얘기일지 모르는데 취한 채 들을 수 없었다.

"다녀오겠습니다. 아참, 절대 메리아와 샤인한테 술을 주지 마세요!"

호랑이가 없을 땐 여우가 왕이라고 했던가.

벨케가 없는 지금 시드는 눈을 부리부리하게 뜨며 경고했다. 만약 다들 맨 정신이라면 몇한테만 부탁해도 되겠지만, 지금은 카네조차 만취한 상태였다.

"앉아라."

그런 이후 굴 안으로 들어가자 벨케가 손을 내밀며 앉기를 권했다. 그 역시 술을 모두 제거한 상태였다.

"너의 사정은 잘 알겠다."

술을 마시며 시드는 많은 얘기를 했었다.

벨케에게 왜 강해져야 하는지 확실한 이유를 알려줘야 할 필요를 느낀 탓이다. 더불어 출생에 대해서도 말했다.

그리폰과 어떻게 인연을 맺게 됐는지 설명해야 했다.

시멘 용병단에게는 라인이 벨케를 데리러 간 그날 저녁에 얘기해 놓은 상태였다.

원래는 먼저 나서서 알려줄 마음은 없었지만 벨트라가 그리폰의 이름을 알고 있었고, 물어봤기 때문이다.

"하나, 나에게 수련을 받을 수 있는지는 너한테 달렸다."

벨케의 눈빛이 진지해졌다.

"너는 그리폰의 제자이다. 너를 보낸 것은 그놈의 마지막 부탁일 테고. 그렇지만 나는 아무나 가르쳐 주지 않는다."

"제가 어떻게 해야 됩니까?"

시드는 간절함을 담아 물었다.

배워야 했다. 그리폰이 남겨주고 간 기회. 절대 놓치고 싶지 않았다.

"첫째, 너를 비롯한 그 누구도 나에 대해 말해서는 안 된다. 이곳을 벗어나도 안 된다. 둘째, 만약 내가 너희들을 가르치게 된다 할지라도 나의 역할은 거기까지다. 그 어떤 위험이 닥쳐도 나는 돕지 않을 것이다."

시드는 아쉬움이 들었다.

만약 벨케가 아군이 된다면 정말 든든할 테다. 불가능이 가능해질 수 있는 확률도 높아진다.

하나, 강요할 수는 없는 일이었다.

"알겠습니다."

"마지막으로 셋째, 죽을 수도 있다."

셋째에서 시드는 저도 모르게 웃음을 터뜨렸다. 그리고 흔들림없이 세차게 고개를 끄덕였다.

그 역시 사람이다. 죽음이 두렵지 않을 리가 없다.

그렇지만 이미 이 세상에서 지옥을 경험했다. 지옥에서 살고 있다. 이 지옥을 벗어나기 위해서라면 목숨이 위험한 것은 감수할 수 있다.

만약 도전이 두려워 포기할 경우, 평생 동안 지옥에 갇혀 지낼지 모르니 말이다.

리스네라는 지옥에.

"좋아, 배짱 하나는 마음에 들어. 그만 나가마."

"네?"

시드는 고개를 들어 벨케를 쳐다봤다.

나가자도 아니고 나가마라고 얘기했다. 즉, 자기 혼자 간다는 뜻이다.

"너의 얘기 상대는 뒤에 있다. 둘이 즐거운 시간을 보내라고. 하하!"

벨케가 웃으며 옆을 지나치자 시드는 자연스럽게 고개를 돌렸다. 그와 함께 두 눈동자가 커졌다.

그곳에는 한 소녀가 있었다.

검은색 로브를 벗는 소녀는 낯익은 얼굴이었다.

열 살 정도의 외형, 아름다운 얼굴, 물결 형태의 긴 검은 머리카락.

꿈에서도 나왔던 광기의 소녀!

그 소녀가 전혀 늙지도 않은 그때 그 모습으로 서 있었다.

"잘 지냈느냐?"

소녀가 커다란 눈동자로 눈웃음을 치며 말문을 열었다. 그러나 시드는 지금의 상황이 얼떨떨해 엉뚱한 대답을 했다.

"네, 네가 어찌 여기에….''

"크큭. 내가 여기 있으면 안 되는 건가, 잡초야?''

잡초. 처음 만났을 때 소녀가 자신한테 했던 말.

"네놈을 기다리고 있었다.''

소녀가 시드의 맞은편에 앉았다. 시드는 뭐라고 해야 할지 몰라 멍하니 쳐다보기만 했다.

마치 귀신에 홀린 것 같았다. 자신이 온다는 사실을 어떻게 알고 있었을까?

"나에게 묻고 싶은 말이 많겠지?''

"그, 그래.''

"이놈, 내 나이가 몇인데 자꾸 반말을 하는 것이냐!''

그 순간 소녀의 두 눈동자가 날카로워졌다. 그때 잠시 봤던 광기 서린 눈동자.

"죄송합니다.''

시드는 사과했다. 소녀한테 겁을 먹지는 않았다. 다만 라인의 얘기를 떠올리자 벨케의 아는 사람이 소녀라는 사실을 알 수 있었다.

더군다나 8년이 지났어도 여전히 열 살의 외형.

무슨 연유인지는 알 수 없으나 겉모습과 비교할 수 없는 나이를 먹었으리라는 확신이 들었다.

"그래, 이제야 얘기를 해주고 싶군. 자, 물어봐라."

"제가 어떻게 여기에 온다는 사실을 알았죠?"

"나는 미래를 볼 줄 안다."

시드는 대꾸를 하지 않고 다음 말을 기다렸다.

이곳에도 예언가는 많았다. 물론 대부분이 가짜이겠지만. 단, 가짜가 많다고 모두를 사이비라 칭할 수는 없는 노릇이다.

"뭐, 죽다 살아나니 그런 능력이 생기더군. 큭. 그렇다고 보고 싶으면 볼 수 있는 게 아니다. 꿈에서, 혹은 갑자기 영상이 스쳐 지나간다. 아주 짧은 시간 동안. 너를 처음 만났을 때는 후자였지. 그리고 이번에 찾아오게 된 것은 전자이고 말이다. 네놈은 아무래도 나와 꽤 인연이 있나 보다. 아니, 어쩌면 여기 있는 모두가 조금씩 얽혀 지금의 거미줄을 만들어낸 것이겠지."

"그러면… 제가 잡초라는 것은 무슨 뜻입니까?"

시드는 계속 신경이 쓰였던 부분을 질문했다.

잡초. 어떻게 보면 뜻은 좋다. 아무리 밟아도 버티니. 그렇지만 수없이 밟히는 게 잡초이기도 했다.

"네놈이 더 잘 알지 않을까? 밟히고 또 밟혔을 텐데?"

시드는 마치 다 알고 있다는 듯한 소녀의 말에 대꾸를 하지 않았다. 그녀의 말이 맞았다.

단지 돈 많은 집에서 잘살고 싶었고, 몸 하나 지킬 정도의 무력만 가지고 싶었는데 삶은 전혀 다른 방향으로 흘렀다.

힘든 것뿐만 아니라 목숨을 건 복수까지 해야 할 만큼.

"저를 기다리셨다고 했죠?"

"그렇다."

"그러면 이유가 있으시겠죠?"

"네놈, 제법 머리가 있구나."

칭찬인지 욕인지 알 수 없는 발언. 시드는 침묵을 지켰다.

"왠지 재미있어질 것 같더군. 그리고… 네놈과 거래를 하고 싶다."

"뭐죠?"

거래라는 말에 시드는 내심 긴장했지만 태연한 척했다.

"별것 없다. 서로가 서로를 돕자는 거지. 그렇게 될 듯하니 말이다."

"자세히 알려주실 수 없을까요?"

"간단하다. 너와 나의 길이 같다. 목적지는 다르지만 어찌 보면 그조차도 같다."

시드의 눈동자에 놀라움이 서렸다. 즉,

"아폴레입니까?"

길이 같다면 리스네다. 하나 목적지가 다를 수도 있지만 같을 수도 있다고 했다. 그렇다면 아폴레밖에 존재하지 않았다.

하나는 아니지만 하나처럼 서로를 받쳐 주고 있는 기둥이
었다.

"그렇다."

무슨 사연인지 궁금했지만 시드는 묻지 않고 다음 말을 이
었다.

"어차피 그 어떤 쪽을 택하든 하나가 아닌 둘을 상대해야
할 테니 힘을 합치자는 것이군요."

"그래. 하늘이 이어준 길 같으니 나도 너도 거절할 이유가
없다."

시드는 그때서야 긴장을 털며 미소를 머금었다.

자신으로서는 거절할 이유가 전혀 존재하지 않았다. 아니,
오히려 고마운 일이었다.

어차피 혼자서 싸운다 할지라도 둘을 상대해야 했는데, 결
과적으로 동료가 생긴 격이었다.

"알겠습니다. 그렇게 하도록 하죠. 단, 부탁이 있습니다."

"거래냐?"

"아닙니다. 개인적인 부탁입니다."

"크큭, 나한테 부탁이라……. 당돌하구나. 들어보도록 하
지."

시드는 숨을 한 번 고른 뒤 재차 말했다.

"일행에 마법사들이 있습니다. 그들을 가르쳐 주세요."

시드는 그녀의 실력이 꽤 대단하다고 판단했다. 자신보다

강하다고 느껴지지는 않지만 큰 차이도 없는 듯했다.

그렇기에 카네, 스피네, 마법사가 되고 싶은 메리아에게는 훌륭한 스승이 될 수 있을 것이다.

"나는 마녀다."

"알고 있습니다."

이곳에서 마녀는 어둠의 마법을 익힌 흑마법사를 칭하는 것이었다. 남자 역시 흑마법을 익힌다면 마녀라 불렸다.

그러나 처음부터 흑마법을 익히는 마녀들은 드물었다. 분명 마법에 대해서도 잘 알 것이라 판단했다.

"거절한다면?"

"어쩔 수 없죠. 다만 복수의 시기가 더욱 늦어지겠죠. 그들이 강해질수록 저희 역시 강해지는 것일 테니까요."

"크큭. 말은 잘하는군."

은근한 협박 아닌 협박에 소녀는 재미있다는 듯 웃더니 고개를 끄덕였다.

"좋아, 가르쳐 주지. 난 마녀이기 전에 라탈 급 마법사였으니."

"감사합니다!"

시드의 표정이 밝아졌다.

사실 그들은 호흡법으로도 충분하다 했지만 내심 안타까운 것은 어쩔 수 없었다.

분명 마법에도 그들의 진리가 있고, 더욱 빨리 올라가는 지름길이 존재할 텐데 알지를 못하니.

하지만 이제는 달라졌다. 그들도 제대로 가르침을 받을 수 있게 됐다.

"여어, 나왔군!"

얘기를 마치고 밖으로 나오자 벨케가 그들을 반겼다. 동시에 시드의 두 눈동자가 빠르게 움직였다.

술과 안주가 얼마나 남았는지 확인하기 위해서였다.

또 먹게 된다면 고역일 테니.

하나 신도 양심이 있는지 더 이상 술과 안주가 남아 있지 않았고, 시드가 안도의 숨을 내쉴 때였다.

쿠웅! 쿠웅!

"오는 길에 몇 마리 잡아왔다."

"아빠, 나는 술 가져올게!"

"저는 요리를 다시 만들도록 하죠."

"……."

술자리는 이제 시작이었다.

CHAPTER 08
단서

철커덩! 끼이익!

지하로 이어지는 비밀 통로가 열렸다. 리스네는 주변을 한 번 둘러본 뒤 천천히 아래로 내려가 문을 닫았다.

곧 거대한 문이 마법으로 인해 작은 소음조차 내지 않으며 닫혔고, 그 위를 집사가 다시 위장했다.

크으윽! 키이익!

지하로 들어가자 각종 괴성이 들렸다. 점점 깊이 들어갈수록 코를 찌르는 악취도 올라왔다. 하지만 리스네는 익숙한 듯 아무렇지 않은 표정으로 주변을 살피며 걸었다.

단단하고 두꺼운 철장 안에 갇힌 수많은 괴물들이 보였다.

그뿐 아니라 개수를 셀 수도 없는 감옥에는 마법이 걸려 있어 절대로 빠져나오지 못했다.

'아직 부족해.'

리스네는 불만족스러운 얼굴로 철장 하나하나를 살폈다.

그 누구도 알지 못하는 리스네의 비밀 감옥. 아폴레에게조차 알리지 않은 곳이다.

그녀는 이곳에서 갖가지 실험과 함께 새로운 생명체를 만들어내고 있었다.

오랜 시간 금기시됐던 키메라였다.

키메라는 각기 다른 생명체의 장점을 하나로 합체시켜 만드는 또 다른 생명의 창조였다.

오우거의 몸에 가고일의 날개, 아메바의 재생력 등등의 형식으로 말이다.

그뿐 아니라 초인족을 잡으면 그들의 육체를 쓰기도 했다.

특히 변신을 한 상태에서 죽은 초인족의 육체를 키메라로 만들면 계속 변신 상태를 유지하는 게 가능했다.

그렇기에 초인족은 없어서 못 구하는 귀한 재료였다.

"지금보다 더욱 빠른 속도로 만들어내세요."

가장 안쪽에 도착한 리스네는 직속 마법사들한테 명령했다. 아폴레가 움직이기까지 시간이 얼마 남지 않았다.

자신이 더 늦출 수도 있겠지만 한계가 분명 존재할 테다.

그전에 힘을 더욱 키워야 했다. 자신만을 위해 움직일 키메라 군단의.

"하, 하지만······."

그러나 마법사들의 표정은 난감하기 그지없었다.

지금도 쓰러지는 마법사들이 속출할 만큼 모두 한계를 넘어 일하고 있었다.

키메라를 만드는 일은 쉽지 않았다. 고대의 마법을 발휘해야 했는데, 용병들이 잡아오는 몬스터들의 수에 비해 마법사들이 턱없이 부족했다.

"돈이 얼마가 더 들어가도 좋으니 마법사들을 계속 구하세요. 그리고 아시죠? 이곳이 저희와 관련되어 있다는 사실을 알게 해서는 안 됩니다."

리스네는 살벌한 표정으로 그 말을 남긴 채 돌아섰다.

그리고 돌아가는 길에 가면의 남자를 떠올렸다. 그에게 두 가지 비밀 명령을 내렸다.

하나는 시드를 어떻게든 죽이라는 것이었고, 다른 하나는 꼬리가 잡히지 않는 선에서 초인족의 육체를 최대한 많이 가져오라는 것이었다.

물론 변신을 한 이후에 죽이라는 말도 잊지 않았다.

"으아악! 사, 살려줘!"

마르트 왕국의 한 도심 외곽. 초인족의 비명이 터져 나왔다. 그러자 가면을 쓴 남자가 쏜살같이 달려가 그의 복부를 강하게 후려쳤다.

파지직!

겉으로는 아무 상처가 없지만 무언가 터지는 소리와 함께 변신 상태에서 달아나던 초인족의 육체가 땅으로 추락했다.

주르르륵!

초인족의 온몸에서는 피가 새어 나왔다. 육체는 훼손되지 않았지만 속이 터져 버린 것이다.

곧 남자는 초인족의 시체를 마법 주머니에 넣고 높이 솟구쳤다.

그는 건물 위에 올라가 아래를 살폈다. 또 다른 먹잇감을 찾고 있는 것이다. 그때 한 쌍의 남녀가 숲으로 향하는 것을 발견했고, 남자는 말없이 뒤를 쫓았다.

"사랑해. 나에게는 너밖에 없어."

"치이. 꼭 관계하기 전에만 그런 말을 하더라."

"아니야. 정말 사랑해."

"그렇… 으읍."

나무를 타고 뒤따라가던 남자는 감정없는 눈빛으로 그들의 애정 행각을 쳐다봤다. 둘은 키스를 하며 옷을 벗기고 있었다.

그 순간 남자가 뛰어내려 그들의 뒤에 착지했다. 언제까지고 기다려 줄 마음이 없었다.

"뭐, 뭐야, 이 새끼!"

갑작스런 남자의 등장에 초인족은 당황하며 욕을 내뱉었

다. 그와 함께 옷을 추스르는데 남자의 주먹이 그의 얼굴을 후려쳤다.

"허어억!"

초인족 남자의 이가 뽑히며 입에서 피가 토해졌다. 여자는 위급함을 느끼며 다급히 변신했다.

가면의 남자는 잠시 기다려 줬다. 여자는 당장 죽여 버릴 수 있지만 아직 남자가 변신하지 않았다.

압도적인 힘의 차이를 안다면 살려달라고 구걸을 하지 변신을 하지 않을 수도 있었다.

곧 정신을 차린 남자 역시 변신을 마쳤고, 가면의 남자는 그때서야 움직였다.

그들의 실력은 에트 급 하급 정도.

둘 다 최대한 상처 없이 죽여 버리기에는 3초면 충분했다.

퍼퍽!

남자의 주먹이 빠르게 두 번 움직였다. 그 주먹에는 거대한 마나가 실려 있었고, 두 명의 남녀는 자신들이 왜 죽는지도 모른 채 스르륵 무너졌다.

"어디 다녀오십니까?"

페이리, 아네뜨, 나스크와 식사를 하고 있던 스로우는 여관으로 들어서는 남자를 보며 물었다.

첫날부터 자꾸 혼자서 자리를 비웠다.

이유를 물어도 대답해 주지 않았고, 자리를 비운 시간 역시 긴 편은 아니었기에 그냥 넘어가려 했지만 이상한 것은 어쩔 수 없었다.

하지만 남자는 여전히 대답을 해주지 않은 채 말없이 스로우의 곁에 앉았다.

'뭐지?'

스로우는 동시에 이상한 냄새를 맡았다.

아주 희미하지만 그 냄새는 익숙한 것이었다. 바로 피!

그러나 남자의 몸 어디에도 상처는 없었다. 그뿐 아니라 피가 묻지도 않았다.

스로우는 그 부분에 대해 물어보려다가 한숨과 함께 입을 다물었다. 대답해 주지 않을 게 뻔했다.

'리스네님, 무슨 목적입니까?'

남자는 지금 무언가 일을 저지르고 있었다. 자신들한테도 비밀로 한 채. 그렇다면 리스네의 명령이라고밖에 할 수 없었다.

비밀리에 초인족들을 상대로 살인을 벌이는 이유가 무엇이란 말인가?

투욱.

그때 남자가 스로우의 어깨를 살짝 건드렸다. 스로우는 흠칫 놀라며 고개를 돌려 그를 쳐다봤다.

남자가 천천히 고개를 저었다. 가면 속 그의 눈동자가 차갑게 가라앉아 있었다.

마치 마음을 꿰뚫어본 뒤, 알려고 하지 말라는 경고 같았
다.

스로우는 입술을 잘근 깨물었다. 그리고 천천히 고개를 끄
덕였다.

그때서야 남자는 요리를 향해 시선을 돌렸고, 영문을 모르
는 페이리와 아네뜨, 나스크는 서로를 멀뚱히 쳐다볼 뿐이었
다.

"모두 일어나."

아침이 밝자 벨케가 모두를 깨웠다.

샤인과 메리아는 비교적 쉽게 일어났지만 시멘 용병단과
우드는 죽을 맛이었다.

죽어라 술을 마셨고, 시드나 벨케처럼 술을 몸에서 배출시
키지도 못했다. 즉, 술도 안 깨고 잠도 부족한 상태였다.

그중에서 여전히 멀쩡한 사람은 시드였다.

시드는 새벽에 술자리가 끝나자 술을 몸에서 빼낸 뒤 밤새
도록 몬스터를 잡으러 다녔고, 얼마 전부터는 마나 호흡을 하
고 있었다.

"나누도록 하지."

벨케가 주위를 한 번씩 쳐다보며 말했다. 그의 곁에는 라인
과 에스가 서 있었다. 에스는 소녀의 이름이었다.

"마법사들은 내 쪽으로."

에스가 여전히 로브를 뒤집어쓴 채 말했다. 그러자 카네와 스피네, 메리아가 서둘러 그녀의 앞으로 갔다.

새벽 내내 이어지는 술자리에서 그들도 알게 됐다.

어려 보이는 에스의 나이가 아폴레와 동갑인 예순한 살이고, 마녀가 되기 전에는 라탈 급 마법사였다는 사실을.

그리고 앞으로 자신들을 지도해 준다는 것도.

"분명히 말하지만 나는 사정 보며 가르쳐 주지 않는다. 각오해라."

에스가 차갑게 웃으며 말했다. 외형만 본다면 너무나 예쁜 모습이나, 실상을 아는 셋은 긴장했다.

그중에서 메리아가 가장 걱정이 많았다.

카네와 스피네는 에트 급의 경지에 오른 마법사였지만, 자신은 이트 급은커녕 이제 갓 마법을 시작한 초보였으니.

"샤인은 나에게로 와."

마법사들이 모두 이동하자 라인이 손짓했다. 샤인의 수련은 라인이 맡기로 결정됐다.

라인의 경우는 샤인처럼 타고난 재능이 없었다. 그녀가 샤인 나이일 때는 변신해도 에트 급 초급이었으니.

하나 벨케를 통해 마나법을 배우고 수련을 하면서 지금은 라탈 급 중급이었다.

앞으로 그녀가 마나 운용에 관한 것과 초인족의 전투 타입

등 여러 가지를 알려줄 것이다.

"시드와 벨트라, 트라이, 배커스, 우드는 내가 지도를 한다."

"그러면 저희들은……."

벨케의 말에 스크푸가 난감한 얼굴로 물었다. 정령술과 활을 가르쳐 줄 이가 존재하지 않았다.

"아, 마침 오는군. 스크푸 너는 세페에게 배워라."

벨케가 누구를 지목하자 모두는 고개를 돌렸다. 그곳에는 한 중년인이 다가오고 있었다.

키가 170cm도 안 되어 보이는 듯한 남자는 온몸이 땅땅했으며 대머리였다. 피부는 대다수 초인족들의 특징인 갈색이었다.

그런데 특이한 점이 하나 있었는데, 등에 활을 메고 있었다.

"세페는 변신을 할 경우 라탈 급의 실력자이다. 어릴 때부터 활을 가지고 논 특이한 녀석이지. 너에게 도움이 될 테다."

"네!"

벨케의 말에 스크푸의 얼굴이 밝아졌다. 그가 실력을 입증한다면 확실하리란 믿음이 있었다.

"허허, 반갑네."

세페가 모두와 인사를 나눈 뒤 스크푸에게 손을 내밀었다.

스크푸는 양손으로 그의 손을 잡으며 고개를 숙였다.

초인족에게 활을 배우다니 신기하면서도 기뻤다.

"그리고 아이니는……."

벨케가 턱을 매만지다 미안한 얼굴로 책 하나를 내밀었다.

"정령술사는 마을에 없더군. 하지만 에스가 정령술에 관한 책을 가지고 있었다. 이걸로 수련을 하면 될 것이다."

아이니는 내심 아쉬워하며 책을 받았다. 하나 제목을 확인하고 책장을 한장 한장 넘기던 그녀에게 아쉬움은 순식간에 사라졌다.

"이, 이 책은……."

표정 변화가 거의 없는 아이니가 놀라움을 금치 않았다.

"오래전에 사라진 고서다. 고대의 정령을 부르는 비법까지 있지. 나는 책을 우연히 가질 수 있게 됐지만 아쉽게도 정령과 친화력이 없어서."

아이니의 손이 부들부들 떨었다.

정령술사라면 누구나 탐낼 만한 비전서가 자신의 손에 들려 있었다.

"감사합니다! 감사합니다!"

아이니가 연거푸 고개를 숙이며 에스와 벨케에게 진심을 표현했다.

그 모습에서 아이니의 손에 쥐인 책이 얼마나 귀한지 모두는 알 수 있었다.

"시일이 얼마나 걸릴지 모른다. 그렇지만 이것도 인연. 적어도 나를 찾아온 인연한테 기회는 줘야 된다고 생각한다. 그 기회를 잡느냐 못 잡느냐는 너희들에게 달렸다."

벨케가 모두를 쳐다보며 진지한 어투로 말했다. 만약 그리폰이 아니었더라면 시드를 만나지도 않았을 테다.

또한 에스와 시드가 손을 잡지 않았다면, 그리폰의 제자인 시드한테만 시험을 했을 테고 말이다.

한데 인연과 인연이 겹쳐지면서 모두에게 손을 내밀게 됐다.

"너희들의 의지를 보여라. 그렇다면 각자에게 맞는 비전서를 하나씩 줄 테고, 시드는 나의 가르침을 받게 될 것이다. 알겠나?"

"네!"

모두가 하나 되어 대답했다.

그리폰에게 배운 이후 언제나 가르쳐 주는 입장이었던 시드도 마찬가지다. 이런 기분, 오랜만이었다.

과거에는 그토록 가르침을 받기 싫었는데 이제는 배우고 싶어 안달이 났다.

강해지고 싶었다. 과거의 힘을 복구시키고, 부모님도 찾고, 소울 급도 되고 싶었다.

벨케는 시드가 본 사람들 중 가장 소울 급에 근접한 이였다. 그의 제자가 된다면 불가능도 아니었다.

그런 마음은 모두가 같은지 다들 눈에서 투지가 타올랐다. 그 눈이 말했다. 얼른 수련을 하고 싶다고.

벨케 역시 그 뜻을 알아차리고 실소를 흘리며 말했다.

"일단 밥 먼저 먹자."

"……."

배고픈 건 못 참는 초인족이었다.

"제, 젠장! 왜 나까지!"

"이봐, 오로라. 너도 도움이 되려면 지금 능력보다는 나아져야지?"

우드는 속에서 무언가 치밀어 올랐다.

오로라로 살아오면서 그 누구한테 저런 소리를 들어봤겠는가? 한마디로 지금의 실력으로는 도움이 안 된다는 뜻이었다.

오로라 세계에 소문이 퍼지면 3년 4개월은 놀림당할 치욕이었다.

하나, 화를 내자니 상대가 너무나 강했다. 똥은 더러워서 피한다고 했다. 우드는 꾸욱 눌러 참았다.

사실 무섭기도 했다.

'우드가 저럴 수밖에.'

몸을 움직여 보며 시드는 쓴웃음을 흘렸다.

벨케의 수련이 시작되기 전, 에스가 다가오더니 마법을 시전했다. 흑마법의 일종인 듯한데 온몸의 무게가 무거워졌다.

운동을 위해 적당히 무거워진 게 아니었다.

모두가 걷기도 힘들 정도였고, 가만히 서 있는 일도 숨이 찰 정도였다.

"현재 너희들은 똑같은 상황이 됐다. 내재된 힘과 단단함은 다르겠지만, 몸을 움직이기 위해서는 똑같이 힘들다는 뜻이다. 육체에 비례하여 무게를 조절했기 때문이다. 일단 지금의 상태에 익숙해져라. 본격적인 훈련은 그 이후부터 시작될 테니. 그전까지는 가볍게 몸을 풀도록 하지. 따라와라."

벨케는 그 말과 함께 느긋한 걸음걸이로 숲을 향했다. 그렇지만 뒤를 따르는 다섯 명은 전혀 그럴 수 없었다.

한 걸음 떼는 것조차 고역이었다. 어린 나이부터 지옥과 같은 수련을 했던 시드조차 숨이 찰 정도였다.

"네놈이 역시 낫군."

경사진 곳으로 이동해 기다리고 있던 벨케가 시드를 향해 말했다.

무게의 조절로 다들 비슷한 고통을 겪고 있기에 의지력 싸움이었다. 시드는 그 부분에 있어서도 당연히 으뜸이었다.

"하아! 하아!"

1등으로 도착한 시드는 거칠게 숨을 뱉으면서도 앉아서 쉬지 않았다. 아니, 오히려 마지막으로 우드가 도착할 때까지 주위를 맴돌며 움직였다.

조금이라도 빨리 적응하기 위함이었다.

그 모습에 벨케는 내심 감탄했다.

아무리 평탄한 삶을 살지 않았다 하더라도 이제 열다섯 살이었다. 아니, 나이가 더 많다 할지라도 지금처럼의 힘겨움에는 쉽게 무너진다.

자신 역시 과거에 이와 비슷한 방법으로 수련을 할 때 먼저 도착하면 쉬고는 했다. 그 달콤한 휴식은 포기하기 힘들다.

한데 저 어린 시드는 오히려 더 멀리 보고 있었다.

지금 당장의 달콤함을 포기하고 훗날 더 큰 편안함을 얻기 위해서.

'물건은 물건이군. 그리폰, 제자 하나 잘 뒀어.'

벨케는 진심으로 시드를 가르쳐 주고 싶은 마음이 들었다. 그러나 마음을 곧 접었다. 그리폰도 한 달 동안 구타를 당하고 심부름만 했다.

벌써부터 제대로 가르쳐 주기에는 너무 일렀다.

"다 도착했으니 이제 몸을 풀자."

"허억! 지금까지 심하게 풀었잖아!"

막 도착해 혀를 길게 내빼던 우드가 기겁하며 소리쳤다. 오로라의 수명을 알아서인지 벨케는 우드의 반말에도 전혀 기분 나빠하지 않았다.

"하하! 자, 살아남아라."

"네? 무슨……?"

휘익!

"컥!"

첫 번째 희생자는 시드였다.

살아남으라는 말에 되묻던 시드는 자신의 육체가 허공에 뜬다는 느낌을 받았다. 아니, 떴다.

벨케가 들어서 경사 진 아래로 던진 것이다.

물론 세게 던지지는 않았지만 무게로 인해 중심 잡기가 힘들었다. 그때 등 뒤에서 마나가 느껴지자 시드의 등줄기로 식은땀이 흘렀다.

"맞으면 죽을지도 모른다!"

벨케의 손에는 얇고 둥근 형태의 마나가 형성돼 있었다. 그 마나는 맹렬히 회전하며 시드를 향해 출발했다.

"수련을 위해 어쩔 수 없다. 나 역시 가슴이 아프구나."

'입은 웃고 있잖아!'

시드는 이를 악물며 힘겹게 중심을 잡았다. 경사가 심하게 진 곳이 아니라 데굴데굴 구르지는 않았다.

하지만 문제는 이제부터였다.

다행인 점은 회전만 빠르지, 다가오는 속도는 그에 비해 느렸다. 벨케가 일부러 조절을 한 것 같았다.

그렇지만 점점 거리가 좁혀졌고, 목숨의 위협도 느꼈다.

'이런 무식한 수련을!'

목숨을 건 스파르타!

시드는 입술을 꽉 깨물었다. 그도 잘 알고 있었다. 한계를 뛰어넘을 수 있는 최적의 조건은 다름 아닌 생명이 위험할 때라는 사실을.

그리고 진짜로 죽이지는 않으리라 믿었다.

분명 위험하게 될 경우 마나를 소멸시키리라.

하나 시드는 정말 죽을지도 모른다고 마인드 컨트롤을 하며 달렸다.

뛸 때마다 온몸에 엄청난 충격이 밀려왔다. 갑작스럽게 늘어난 무게로 인해서였다. 그뿐 아니라 심장이 터질 듯했다.

걸어 올라올 때는 숨이 차는 수준이었지만, 뛰는 건 또 달랐다. 호흡 곤란으로 죽을지도 모른다는 생각이 들 정도.

'지척까지 왔다!'

그러나 호흡을 신경 쓸 겨를도 없었다. 윙윙거리는 소리가 바로 뒤에서 들렸기 때문이다.

주르륵!

입술을 얼마나 세게 물었는지 찢어지며 피가 나왔다. 입안에서 비릿한 맛이 느껴졌다.

'다 왔다!'

경사가 끝나고 평평한 곳이 보이자 시드는 다급히 몸을 날렸다. 아니, 보이지 않더라도 같은 행동을 취했을 것이다.

그만큼 원형의 마나가 지척까지 접근했으니.

"해냈습……."

스파앗!

"……."

평평한 지면에 도착하자 성취감과 함께 돌아서던 시드의 머리 살짝 위로 원형의 마나가 스쳐 지나갔다.

끝났으니깐 당연히 소멸시킬 줄 알았는데.

그런 시드를 향해 벨케는 걱정스러운 얼굴로 진심을 담아 중얼거렸다.

"아쉽군."

'도대체 뭐가?'

경사진 곳의 훈련은 시작일 뿐이었다.

두 번째로 이어진 훈련은 마을 외곽에 위치한 바다에 뛰어들어 가는 것이었다.

만약 망설이기라도 했다가는 벨케가 사정없이 집어 던졌다.

문제는 바다 위에 떠 있는 것도 너무나 힘들었다. 무게가 워낙 무거워졌기에 바다에 몸을 맡기고 가만히 떠 있지도 못했다.

한마디로 살기 위해서는 팔과 다리를 쉬지 않고 움직여 줘야 했다.

만약 위험하다고 느끼면 벨케가 들어와 건져 줬는데, 휴식은 잠시였다. 1분도 채 쉬지 못한 채 다시 바다에 집어 던져

줬다.

평소에는 오히려 즐기는 것들이 무게가 늘어나니 끔찍한 훈련으로 탈바꿈됐다.

그다음의 훈련은 절벽 사이를 뛰는 것이었다.

이번에도 역시 단지 뛰는 게 아니다. 벨케의 훈련 방침은 변함없었다.

허공에 수많은 바위들이 떠 있었다. 그 바위들이 일정 시간이 지나면 하나씩 떨어졌다. 마치 운석처럼.

수없이 깔렸다. 그나마 적게 깔리기는 했지만 시드도 마찬가지였다.

엄청난 통증! 곧바로 이어지는 마법 치료! 재차 운석 같은 돌들의 추격!

극한의 한계를 끌어낼 수밖에 없는 훈련 방식!

시드는 내심 마음에 들기도 했지만 다른 이들은 죽을 맛이었다.

그리고 네 번째 수련은 몬스터 사냥이었다.

벨케가 다크 몬스터들을 유인해 데리고 왔다. 그 후, 자신은 놈들의 시야에서 사라졌다. 그로 인해 싸우기 싫어도 싸워야 했다.

힘들었다. 시드는 몰라도 다른 이들은 목숨이 왔다 갔다 했다.

처음에는 마나를 이용해 순식간에 제거하려 했지만 벨케

가 몬스터들하고 싸울 때도 마나를 쓰면 안 된다고 했다.

벨트라의 신성력 역시 마찬가지였다.

모두는 힘겨운 싸움을 펼쳤다. 만약 마법이 걸리지 않았더라면 모르겠지만, 현재는 제대로 된 속도도 내기 힘들었다.

시드의 경우는 마탈 급의 육체이기에 마나를 쓰지 않아도 맞기만 하면 꽤 큰 타격을 입힐 수 있었다.

그렇지만 피하는 만큼 맞추기도 어려웠다.

나중에는 이로 물어뜯는 등, 일명 개싸움이 펼쳐지기도 했다.

"자, 이제 몬스터들을 들고 가자."

싸움이 종료되자 어느새 나타난 에스가 부상자들을 치료하고 다시 사라졌다. 그러자 벨케가 흡족한 얼굴로 말했다.

"너무 많은데요?"

한 명당 한 마리를 들어야 했는데, 시드를 제외하고는 불가능했다. 오우거 등 대부분이 거대한 몬스터였기 때문이다.

힘이 좋은 배커스도 마나를 사용하지 않는 이상 엄두가 나지 않았다.

벨케가 머리를 긁적였다. 저들은 현재 자기 몸도 힘들 텐데 꽤 무리한 것 같기도 했다. 결국 그는 명쾌한 해답을 내렸다.

"둘이서 한 마리를 끌고, 시드가 두 마리를 책임지면 되겠군."

"아!"

'왜 공감하는 거야!'

벨케의 말이 진리라는 듯 하나 되어 시드를 쳐다보는 그들.

시드는 두 마리를 끌고 갈 생각을 하니 벌써부터 지쳐 왔지만 어쩔 수 없었다.

육체적인 능력으로만 따진다면 자신 혼자 두 마리를 끄는 것보다 시멘 용병단이나 우드가 둘이서 한 마리를 끄는 게 더 힘들 테다.

더군다나 벨케는 자신한테만 혹독하게 대했다.

첫 번째 수련에서도 다른 이들은 위험하면 마나를 소멸시켜 줬지만, 자신은 스치고 지나가도 그러지 않았다.

더욱 강하게 키우겠다는 마음일 수도 고 혹은 그만큼 믿는다는 뜻이기도 했다.

그러니 시련을 피하고 싶지 않았다. 아니, 즐겨야 했다.

즐겨서 한걸음 한걸음 올라가야 했다.

다만 절대 즐길 수 없는 시련도 존재했으니 바로 아이니의 요리였다.

찌이익!

몬스터를 끌고 힘겹게 돌아온 뒤 점심시간이 되자 시드는 몬스터들을 열심히 먹어치우기 시작했다.

맨 불에 그냥 굽기만 했고, 몬스터이기에 누린 맛도 심했다.

하나 시드는 세상에서 제일 맛있는 음식이라도 되는 듯 열심히 먹었다. 보는 이들이 군침이 돌 정도.

그렇게 배를 빵빵하게 채울 때쯤 아이니의 요리가 나왔고, 그때서야 모두는 시드의 속셈을 알아차렸다.

아이니의 요리의 출현과 함께 자리에서 일어서며 천연덕스럽게 변명하는 시드.

"아! 배불러서 못 먹겠다. 저는 이만 수련하러 갑니다!"

너무나 자연스러운 행동. 아이니조차 아무런 말을 하지 않았다.

모두는 두 눈을 반짝였다. 좋은 걸 배웠으면 써먹어줘야 하는 법.

"이야! 오늘따라 몬스터 고기가 맛있네!"

벨트라가 애써 웃으며 고기를 입안에 쑤셔 넣었다. 몬스터도 싫지만 아이니의 요리는 더욱 싫었다.

그러나 너무 늦어버렸다.

각자의 앞에 위치한 그릇에는 어느새 아이니의 요리가 담겨 있었기에.

시드가 하염없이 부러운 그들이었다.

"하아! 하아!"

시드는 빠른 속도로 숨을 내쉬었다.

저녁까지는 마나 수련을 하는 시간이었다. 즉, 편하게 앉아 호흡법만 하면 되는데, 시드는 그러지 않았다.

벨케가 시키는 훈련이라면 분명 뜻이 있을 것이라 믿었다.

더불어 마나도 급하지만, 그동안 육체 훈련 역시 너무 게을리했다는 사실도 인지했다.

그렇기에 다른 이들이 마나 수련을 할 동안 시드는 쉬지 않고 몸을 움직이며 아침에 했던 훈련을 반복했다.

절벽 사이를 뛰는 훈련은 마인드 컨트롤로 가상의 바위를 만들어냈다.

마탈 급까지 오른 시드였기에 그 정도는 쉬운 일이었다.

그렇게 저녁 훈련까지 마치고 날이 슬슬 저물어갈 때쯤, 시드는 계곡으로 돌아갔다. 저녁 훈련에 늦으면 어떤 불상사가 생길지 모르니.

'정말 독종이군.'

시드가 사라지자 벨케가 절벽 위에서 모습을 드러냈다.

자신이라 할지라도 저렇게까지는 할 수 없을 듯했다. 그만큼 현재 시드는 살인적인 수련을 하고 있었다.

잠도 자지 않은 채 밥 먹는 시간 몇 분을 제외하고는 하루 종일 수련이다.

'간절함의 차이인가.'

사람은 누구나 목표를 세운다.

하지만 목표를 실천하기는 힘들다.

실천을 한다 할지라도 개개인의 노력은 또 다르다.

그 모든 것의 중심에 있는 것은 여러 가지 이유의 탈을 쓴 간절함이었다.

벨케는 느꼈다. 지금의 시드는 강해지기를 그 누구보다 간절히 바라고 있다고.

"캐애액!"

번쩍!

저녁 수련의 첫 번째 타자였던 우드가 십 초도 못하고 손을 들었다. 그러자 뒤에 서 있던 벨트라가 앞으로 나섰다.

동시에 벨케의 온몸에서 마나가 뿜어져 나왔다.

'이, 이런!'

벨케는 숨도 쉴 수 없는 압박감을 느꼈다. 단지 마주 보고 서 있는 것임에도 달아나고 싶은 공포가 솟구쳤다.

우드가 왜 그리 빨리 포기를 했는지 이해가 갔다.

"자, 시작해 볼까?"

그 말과 함께 벨케의 신형이 흐려졌다. 그 정도로 빠른 속도로 움직이는 것이었으며, 벨트라는 그 움직임을 눈으로 따라갈 수조차 없었다.

퍼어억!

"크아악!"

벨트라의 입에서 비명이 터져 나왔다.

벨케는 수련이라고 얘기했지만 일방적인 구타였다. 그 한 대 한 대마다 엄청난 위력이 실려 있어 장기가 뒤틀린다고 느낄 정도였다.

결국 벨트라 역시 얼마 버티지 못한 채 손을 들었다.

그렇게 차례차례 순서가 돌아가고 시드가 짧은 숨을 내쉬며 벨케의 앞에 섰다. 벨케는 이빨을 드러내며 웃었다.

드디어 제대로 가르치고 싶은 놈이 나왔기에.

"오랫동안 견디기를 바란다."

시드는 쓰게 웃으며 이빨을 꽉 깨물었다. 곧 벨케의 전신에서 감당하기 힘든 마나가 압박해 왔다.

머릿속이 어지러워졌다. 시간이 조금 더 지나자 헛구역질이 나올 정도였다.

벨케는 거기서 멈추지 않고 이번에는 살기까지 내뿜었다. 바로 정면에서 살기를 모두 맞게 되자 시드의 입에서 살짝 신음이 흘러나왔다.

'견디자! 견디자!'

시드는 그 와중에도 절대 시선을 피하지 않으며 벨케를 노려봤다.

그는 강하다. 어쩌면 대륙에서 가장 강할지도 모른다. 그런 이와 맞서고도 물러서지 않을 수 있다면 그 어떤 적을 만나도 두렵지 않으리라.

"좋아, 즐겨보자꾸나."

벨케가 손을 풀었다. 시드는 침을 삼켰다.

곧 구타가 시작된다. 그렇지만 절대 물러서지 않으리라. 손을 들지 않을 테다.

곧 벨케가 빠른 속도로 시드에게 접근했다.

프리야 공작은 창문을 열고 밖을 내다봤다. 하늘에는 달이 예쁘게 떠 있었다.

문득 한 여자의 얼굴이 스치고 지나갔다.

항상 밝게 웃었으며, 자신한테 달처럼 포근함을 안겨주던 그녀. 왜 갑자기 떠오른 것인지는 알 수 없지만 그녀가 보고 싶어졌다.

"잘 지내는 거요?"

공작은 그 누구도 대답해 주지 않으리란 사실을 알면서도 마치 달이 그녀인 듯 대화를 건넸다.

"벌써 35년이 지났구려."

프리야 공작이 서글픈 표정을 감추지 못했다.

35년 전, 처음으로 그녀를 만났다. 그녀는 아름다웠다. 다른 사람들에게는 모르겠지만 자신한테는 세상 그 누구보다 예뻤다.

처음 본 순간 반해 버렸고, 끈질기게 따라다니며 구애를 했다.

그리고 결국 그녀의 마음을 열 수 있게 됐다.

그날 이후 프리야 공작은 매일매일이 새로웠다. 이전까지는 하루 종일 검과 함께 시간을 보냈는데, 수련의 시간도 줄이며 그녀를 만났다.

물론 시간이 줄어든 만큼 그 시간만큼은 더욱 열심히 노력했다.

같은 한 시간을 운동한다 할지라도 얼마나 집중하느냐에 따라 효과는 천지차이였다.

그녀를 알게 된 지 석 달이 지났다. 그러던 어느 날 갑자기 그녀가 사라졌다.

다음날 만나기로 약속이 돼 있었는데 아무런 말도 없이 편지 하나 남기지 않은 채 증발해 버렸다.

그녀의 가족을 비롯해 누구도 그녀가 어디로 떠났는지 알 수 없었다.

그때가 프리야 공작에게 있어 가장 힘겨운 나날들이었다.

아무것도 하고 싶지 않았다. 아니, 할 수가 없었다.

처음으로 느껴보는 심장의 통증, 처음으로 들리는 마음의 통곡 속에서 프리야 공작이 할 수 있는 것은 매일 술에 취해 지내는 것이었다.

하지만 방황은 오래가지 않았다.

문득 그런 생각이 들었다. 만약 언제가 되든 그녀가 돌아왔을 때 이런 자신의 모습을 본다면 얼마나 죄책감이 들까? 실망할까?

프리야 공작은 이를 악물었다. 마음을 독하게 먹었다.

평생 볼 수 없을지 모르더라도 1%의 희망이라도 믿으며 그녀를 기다리기로 결심한 것이다.

그리고 프리야 공작의 지독한 수련은 시작됐다.

잠조차 줄여가며 검을 휘둘렀고, 육체를 단련했으며, 마나 호흡법을 했다.

매일 근육이 찢어질 듯한 아픔을 느꼈다. 몸이 비명을 질렀다. 제발 쉬게 해달라고.

하나 프리야 공작은 외면했다.

이렇게 몸이 고통스러움에도 마음이 더욱 아파서 멈출 수가 없었다.

그리고 어느덧 수없는 시간이 흘렀다. 그녀는 아직까지 돌아오지 않았다.

찾으려고 노력해 봤지만 헛수고였고, 생사조차 불분명했다.

"저는 믿습니다. 당신이 꼭 이 하늘 어딘가에 살아 있으리라고."

그의 슬픔에 젖은 두 눈은 달에서 한참 동안이나 떨어질 줄을 몰랐다.

그 시각, 한 명의 소녀가 바위에 걸터앉아 달을 쳐다보고 있었다. 그녀는 에스였다.

"어느덧… 시간이 많이 흘렀구나."

에스는 쓰게 웃으며 고개를 떨어뜨렸다.

평소와 다른 분위기의 그녀는 발을 담그고 있는 계곡을 쳐다봤다.

수면 위에 달이 떠 있었다. 자신의 얼굴이 흐릿하게 보였다. 그 얼굴은 웃고 있었다.

나약해지고 싶지 않아서 언제나 착용하고 있던 가면이다.

"잘 지내시죠?"

그녀가 수면에 비친 달을 쳐다보며 누군가를 향해 물었다.

문득 오늘따라 그가 보고 싶었다.

스로우와 일행은 한 여관에 도착해 저녁 식사를 하고 있었다.

아직까지도 시드에 대한 특별한 단서는 없었다. 초인족들이 운영하는 도둑 길드부터 거지 길드까지, 의뢰할 수 있는 곳은 다 해봤지만 말이다.

간혹 정보가 들어오기는 했지만 대부분 허탕이었다.

애초에 잘못된 정보일 수 있었고, 어쩌면 한발 늦은 것인지도 알 수 없다.

"에휴, 도대체 언제까지 찾아다녀야 하나."

처음에는 여행이라고 생각하며 즐거워하던 아네뜨가 한숨을 내쉬었다. 물론 아직까지는 여전히 재미있었다.

처음 와보는 마르트 왕국이었고, 언제 가면을 쓴 남자와 또 이렇게 돌아다녀 보겠는가?

그렇지만 문제는 시일이 얼마나 걸릴지 알 수 없다는 점이었다.

리스네는 오래 걸린다 할지라도 꼭 찾아서 와야 된다 하고.

“언젠가는 찾겠지.”

페이리가 아네뜨를 위로하듯 짧게 말했다. 그러면서 스로우와 가면의 남자를 힐끔 쳐다봤다.

전에 밥을 먹다가 의아한 행동을 한 이후부터였다.

원래 친하지 않았고 딱딱한 관계였지만 왠지 자신들이 모르는 벽이 생긴 것 같은 느낌이었다.

뭐, 어차피 자신이 상관할 필요는 없지만.

“술 나왔습니다!”

그때 추가로 주문한 술이 나왔다. 페이리는 반색하며 병을 받아 들었다.

그리고 아무런 기대를 하지 않으며 손에 쥐고 바라보고 있던 둥근 형태의 마법 구슬을 종업원에게 내밀었다.

그곳에서는 시드의 얼굴이 보였다.

“혹시 이 남자 아나? 여럿의 일행이 있는데.”

“어? 이분은…….”

은연중에 나온 종업원의 반응에 모두는 그를 빤히 쳐다봤다.

당연히 모르겠지만 혹시나 하고 보여줬던 페이리 역시 얼굴이 상기됐다.

“뭐야? 알고 있는 거야?”

“얼마 전에 저희 여관에 묵었습니다.”

초인족이 아닌 타 왕국 사람이었고, 1브론즈를 꺼내는 일

등으로 인해 또렷이 기억하고 있는 종업원이었다.

"어디로 갔지?"

페이리가 자리에서 벌떡 일어섰다. 목소리가 커서 주변에 자리하고 있던 초인족들의 시선이 몰렸지만 그녀는 신경 쓰지 않았다.

"글쎄요. 기억이 잘……."

페이리는 모른 척하는 종업원의 태도에 순간 짜증이 치밀었지만 꾹 참으며 품에서 골드를 꺼냈다.

하나도 아닌 무려 열 개였다.

종업원으로서는 절대 거절할 수 없는 액수.

"아! 기억났습니다! 버려진 산으로 갔습니다."

"버려진 산?"

"네. 지금쯤이면 도착했을지도 모르겠군요."

"왜 갔는지는 아나?"

종업원은 잠시 갈등했다. 돈을 더 뜯어버릴까? 하지만 이내 포기했다.

10골드도 예상치 못한 수확이다. 더군다나 붉은 머리의 소녀는 여기서 돈을 더 달라고 했다가는 참지 않을 성격 같았다.

괜한 소란을 만들어서 좋을 일이 없었다.

"벨케인가? 하여튼 누군가를 찾더군요. 그 외에는 모릅니다."

“그렇군, 알겠다.”

페이리가 흥분을 감추지 못하며 술을 따라 단숨에 들이켰다.

“당장 출발하지?”

페이리가 스로우를 쳐다보며 말했다. 리더는 그였다.

“그러지.”

믿을 만했으며, 기대를 걸어볼 만한 정보였다. 마음은 내키지 않지만 혼자가 아니기에 어쩔 수 없었다.

곧 모두는 여관을 빠져나와 말 위에 올라탔다.

CHAPTER 09
과거

　　새벽, 마나 호흡을 하던 시드는 날이 밝아오자 몸을 일으켰다.

　　마음 같아서는 밥 먹기 전까지 더 하고 싶었지만 벨케가 특별히 시킨 임무가 있어 어쩔 수 없었다.

　　시드는 허리를 살짝 푼 뒤 숲 쪽을 향해 걸어갔다.

　　벨케의 임무란 매일 아침에 구워 먹을 몬스터 몇 마리를 잡아두라는 것이었다.

　　시드는 흔쾌히 수락했다. 벨케의 명이라 어차피 거절하지 못했을 테지만 오히려 감사한 임무였다.

　　몬스터를 매번 같이 먹으면 그만큼 아이니의 요리를 적게 먹어도 되니 말이다.

좌악! 좌악!

하루는 빠르게 지나갔다.

반복이었다. 아침 식사, 육체 단련, 점심 식사, 육체 단련, 저녁 식사, 마나 호흡법, 그리고 휴식.

시드는 차가운 계곡물에 몸을 씻으며 오늘 하루를 돌이켜 봤다.

얼마나 열심히 했는지, 자신한테 져서 게으름을 피우지 않았는지.

그런 다음 바위에 걸터앉아 마나 호흡법을 하려고 했다. 그때 잠이 안 오는지 뒤척이던 벨트라가 말을 걸었다.

"너는 피곤하지도 않냐?"

"이전보다는 더 피곤하지만 견뎌야죠. 몸에 문제가 없는 이상 잠은 최대한 줄이려고요."

"마탈 급이 괴물인지 아니면 네가 괴물인지. 뭐, 둘 다 괴물일 수도 있겠군. 아, 그건 그렇고, 아직도 믿기지가 않는다."

벨트라가 팔로 머리를 받치며 하늘을 바라봤다.

"뭐가요?"

"너와 만나고 여기에 있다는 사실 모두가. 마탈 급이었던 너와 알게 되고 호흡법과 스텝을 배운 일, 거기다 오로라가 동료에 초인족 마탈 급에게도 가르침을 받고 있잖아. 거기에 외모는 어린애인 마녀도 만나고, 마지막으로 리스네라는 거대한 적까지 생기고.”

벨트라가 방긋 미소를 지었다.

“하루하루 온몸으로 느끼면서도 항상 잠이 들 때면 그런 생각이 들곤 해. 모든 게 꿈이 아닐까? 그만큼 나를 비롯한 우리 용병단 모두가 갑작스럽게 변화를 겪었으니.”

“죄송합니다.”

시드는 저도 모르게 사과했다.

앞만 보자고 결심해 놓고도 여전히 마음속에는 그런 감정이 남아 있었다.

“바보냐?”

그러자 벨트라가 어이없는 표정으로 일어나 앉으며 꾸중했다.

“우리는 우리의 선택으로 여기까지 온 거야. 그리고 사실 두려운 마음도 있어. 적이 워낙 무시무시하다 보니. 그렇지만 누구도 후회 안 해. 아니, 오히려 기뻐하고 있어. 매일 수련이 그토록 힘들어도 아무도 포기하지 않지? 우리는 지금이 행운이라고 생각해. 그래서 절대 놓치고 싶지 않고. 오히려 우리가 고맙다 해야 되는데 미안하긴. 한 번만 더 그런 소리 해라?”

시드는 옅게 미소를 지으며 고개를 살짝 끄덕였다.

“혹시 아냐? 훗날 시멘 용병단을 대륙 모두가 알게 될지.

아니, 꼭 그렇게 만들 거다. 우리는 시멘 용병단이니까!"

벨트라가 확신에 찬 어조로 외쳤다. 문득 시드는 궁금증이 생겼다.

그러고 보니 아직까지 시멘 용병단에 대한 과거를 자세히 알지 못했다.

용병이 되기 전에는 무엇을 했고 어떻게 만나게 됐는지 등등.

결국 시드는 호기심을 이기지 못하고 질문했다.

"처음 만났을 때 얘기해 주실 수 있어요?"

"우리?"

"네. 저는 다 말했는데……."

"아, 하긴 우리의 과거에 대해 제대로 얘기한 적이 없지. 바실 할배도 아무 말 안 했어?"

"물어본 적이 없어요."

바실이라면 얼마든지 대답해 줬을 것이다. 하지만 그때는 시드가 궁금해하지 않았다.

"좋아, 말해줄게."

자리에서 일어선 벨트라가 시드의 곁으로 다가가 앉더니 얘기를 시작했다.

벨트라는 먹고사는 데 부족함이 없는 상인의 아들이었다.

둘째로 태어나 따스한 부모님 밑에서 개구쟁이로 자랐다.

그런 벨트라는 아카데미를 다니며 공부를 했고 검술도 배웠다.

귀족들이 주로 가는 곳이었지만 돈으로 권력을 대신했다.

하지만 벨트라의 행복은 오래가지 않았다.

상권 다툼으로 인한 부모님의 죽음, 순식간에 무너진 집안.

벨트라는 가진 게 아무것도 없는 상태에서 혼자가 됐다. 친척집에 가서 머물기도 했지만 매일 눈칫밥을 먹기에 바빴다.

친척의 자녀들 역시 벨트라를 무시했다.

결국 어느 날, 벨트라는 사촌들의 시비를 참지 못하고 두들겨 팼다. 그리고 겁이 나 집을 도망쳐 떠돌이 신세가 됐다.

구걸도 해봤고, 일을 하게 되면서부터는 온갖 잡일도 마다하지 않으며 벌어먹고 살았다.

그러면서 검술 수련도 잊지 않았다.

돈만 벌어서는 잘살 수 없었다. 언제 어떤 일이 벌어질지 알 수 없기에 자신의 몸을 지킬 수 있는 실력도 필요했다.

시간이 흘렀다. 어느덧 벨트라는 열아홉 살이 됐다. 그리고 그해 벨트라의 인생에 큰 변화가 찾아왔다.

일로 인해 늦은 시간 산을 넘어가던 벨트라는 오크들을 만났다. 그 수는 둘.

힘겹게 해치우기는 했지만 벨트라 역시 큰 상처를 입었다. 빨리 치유를 하지 않는다면 죽을지도 모른다고 느낄 만큼 상처는 깊었다.

하지만 아무도 없는 숲 속에서 자신의 상처를 치유해 줄 이
는 없었다.

그렇다고 몸이 멀쩡해 뛰어내려 갈 수도 없었고 말이다.

벨트라는 출혈로 인해 혼미해지는 상태에서도 어떻게든
마을이 있는 방향으로 비틀대며 걸어가다 결국 의식을 잃었
다.

다음날 아침, 벨트라는 정신을 차렸다.

누가 구해준 것일까? 주위를 살펴보니 신관복을 입은 한
중년인이 곁에 잠들어 있었다.

밤새도록 치유를 하고 간호를 하다 잠든 것이다.

그가 깨어나자 벨트라는 고맙다는 말을 전했고, 어떻게든
사례를 하고 싶었다.

가진 돈은 많지 않지만 생명을 구해준 은인이다. 도와주지
않았더라면 자신은 분명 죽었을 테다.

한데 신관은 벨트라의 보답을 거절했다.

벨트라에게 있어서는 큰 충격으로 다가왔다. 이때까지 봐
온 신관들은 어떻게든 돈을 더 뜯으려고만 했다.

그뿐 아니라 가난한 자들은 치료조차 해주지 않았다.

벨트라는 신관과 함께 산을 내려오며 많은 대화를 나눴다.
그리고 신이 아닌 그에게 존경을 느끼고, 신이라는 존재에 대
해 새로이 받아들이며 신관이 되기로 결심했다.

믿음을 가지게 되자 벨트라의 신앙심은 대단했다.

10년 정도가 지났을 때 신의 축복을 받아 신성력이 생기며 마나를 이해할 수 있게 됐고, 성기사가 될 수 있었다.

하지만 문제가 생겼으니, 20대 초반 때 우연히 보게 된 씻고 있는 여자의 알몸.

그때부터 여자에 대한 호기심이 꺼지지 않는 불꽃처럼 타올랐다.

기도도 하고 스스로를 자책하기도 했지만 효과가 없었고, 결국 그는 여자를 접하게 됐다.

신관도 이성을 사귈 수 있고, 가정을 이룰 수도 있다. 그러나 벨트라는 넘어서는 안 될 정도를 넘어섰다.

그로 인해 성기사 자리조차 박탈을 당하며 그는 쫓겨났고, 그는 용병이 됐다.

배커스는 가난한 농부의 아들로 태어났다.

태어날 때부터 몸집이 크고 힘이 좋았던 그는 부모님은 물론 마을 어른들의 사랑을 받았다.

친구들 역시 배커스를 무서워하면서도 따랐다.

그런데 배커스가 열 살이 되던 때, 마을 아이 중 한 명인 키페가 배커스에게 싸움을 걸었다.

이때까지는 그 누구도 대들 생각을 하지 못했다.

외형도 그랬지만 열 살임에도 불구하고 어른과 별반 차이가 나지 않는 힘도 무서웠기에.

하나 키페는 더 이상 참을 수 없었다.

뭔가를 하려고 하면 다른 사람들한테 피해가 될 수 있고, 혹은 나쁜 짓이라며 말리는 배커스.

또 그런 배커스의 말만 듣는 아이들.

키페는 이를 갈았다. 배커스와 자기는 달라도 너무 달랐고, 자신도 대장이 되고 싶었다.

그러기 위해서는 배커스와 싸워 이겨야 했다.

즐겁게 놀던 키페는 주위를 둘러봤다. 돌멩이가 있나 확인하기 위함이었다. 비겁하다는 소리를 들어도 상관없었다.

싸우다 밀린다면 이기기 위해 무슨 짓이든 할 수 있었고, 그 상황을 대비해 돌멩이의 위치를 파악해 두는 것이다.

마침 적당한 크기의 돌멩이가 있었고, 키페는 결국 그에게 달려들었다.

한데, 놀라운 일이 발생했다.

사실 키페 스스로도 맨주먹으로 이길 수 있으리라고는 전혀 생각지도 않았다.

그런데 배커스는 반격을 하지 않고 맞기만 했다. 주먹으로 때리든 발로 걸어차든 말이다.

또한 코피를 흘리더니 울기까지 했다.

키페는 웃음을 터뜨렸다. 상대방이 우는 순간 싸움은 끝난 것이었다. 더불어 한편으로는 분하기도 했다. 고작 이런 놈을 무서워했다니……

그날 이후 아이들은 돌변했다.

배커스를 이기고 대장이 된 키페가 선두에 나서서 그럴 수밖에 없었지만, 나중에는 그들도 즐겼다.

배커스를 괴롭히고 따돌리는 일을.

배커스는 매일 울었다. 슬프고 서러워서. 그러나 힘을 가지고 있으면서도 상황을 돌리려 하지 않았다.

아이들을 때리고 싶지 않았다. 작은 벌레조차도 누가 죽이려 하면 말리는 착한 성품을 가진 그였다.

그런 배커스가 처음으로 사람을 때린 날은 스물한 살이 됐을 때였다.

그날도 배커스는 바보란 소리를 들었고, 손해만 보면서도 애써 웃었다. 여느 날과 마찬가지로 하루 일과를 마친 배커스는 집으로 돌아갔다.

그리고 볼 수 있었다, 자신의 부모님을 때리고 있는 키페를.

이유도 특별한 게 없었다.

키페가 술에 취해 집으로 가다가 배커스의 부모님과 만났고, 눈이 마주쳤다는 이유 하나로 구타를 한 것이었다.

배커스는 눈이 뒤집혔다. 아버지는 최근 몸도 안 좋아 일도 못하는 상태였다. 그 사실을 키페가 모르지도 않았다.

한데 어찌 이럴 수 있다는 말인가?

모든 게 자신 탓 같았다. 자기가 바보라서, 병신처럼 착하기만 해서, 만만하니까 부모님들조차 무시당하는 것 같았다.

그 모든 생각이 순간적으로 분노가 됐고, 배커스는 주먹을 뻗었다.

비명이 들리는 듯했다. 누군가 말리는 것 같기도 했다. 하나, 꾹 참다 한번 터져 버린 배커스는 그 누구도 말릴 수 없었다.

정신이 들었을 때, 배커스가 들은 말은 다름 아닌 도망쳐라였다.

배커스는 홀린 듯 멍한 얼굴로 자신의 주먹을 쳐다봤다. 온통 피투성이였다.

고개를 돌렸다. 친구들과 마을 어른들이 겁에 질린 채 자신을 쳐다보고 있었다.

부모님을 쳐다봤다. 눈물을 흘리며 도망치라고 고함을 질렀다.

마지막으로 발 쪽을 쳐다봤다.

키페가 자신을 쳐다보고 있었다. 숨이 멎어 죽은 채로.

"으아아악!"

배커스는 고함을 질렀다. 슬픔, 두려움, 원망, 죄책감, 수많은 감정이 머릿속을 터뜨릴 것 같았다.

그러면서 달렸다. 죗값을 치러야 한다고 생각했지만 몸은 달아나기에 바빴다.

그 이후 먹고살기 위해 여러 일을 하다 용병이 됐다.

성격은 그대로였다. 한데 특이하게도 그날 이후 더 이상 당하지 않고 살게 됐다.

먼저 시비는 절대 걸지 않고 가능하면 언제나 이해하고 넘어가려 하지만, 정도를 넘어서고 피할 수 없다고 판단되면 그 누구보다 잔인하게 상대를 무너뜨렸다.

그러다 벨트라와 당시 마법사로 용병 일을 하던 바실을 만나게 됐으며, 배커스의 그런 성격과 실력을 마음에 들어한 벨트라가 먼저 동료가 되지 않겠냐고 제안해 왔다.

배커스 역시 벨트라와 바실이 싫지 않았기에 동의를 하게 됐다.

그리고 술을 마시던 셋은 다음날 시멘 용병단을 만들었다.

스피네는 용병인 아버지 밑에서 자랐다.

그녀의 어머니는 스피네가 태어나고 2년 후 다른 남자와 눈이 맞아 달아났다.

물론 그녀는 그 사실을 모르고 있었다. 아버지가 사실을 감춘 채 죽었다고 알려줬기 때문이다.

그렇게 스피네는 거친 아버지 밑에서 자라다 보니 어릴 때는 대단히 남자다운 성격이었으며 털털했다.

아버지뿐 아니라 동료들조차 모두 용병이었기에 자연적으로 그리될 수밖에 없었다.

환경이란 무시할 수 없는 법이니.

시간이 흘러 그녀가 열네 살이 됐을 때다.

평민임에도 워낙 미모가 출중한 그녀였기에 주변에서 눈독 들이는 이들이 많았다. 그중에는 귀족도 여럿 있었다.

물론 귀족들에게 스피네는 결혼 상대로서가 아닌 쾌락을 위해서였다.

평민의 딸, 더군다나 어머니도 없으며, 아버지는 용병 일을 하고 있다. 절대 귀족의 반려가 될 수 없었다.

어릴 때부터 머리가 비상했던 스피네도 그 사실을 잘 알고 있었다.

그래서 절대 귀족의 데이트 신청은 받아주지 않았다. 자신만 상처 입은 채 버려질 게 뻔했으니 말이다.

하지만 그로 인해서 문제가 발생했다.

그녀에게 군침을 삼키던 귀족의 자제 몇 명이 욕망을 참지 못하고 그녀를 범해 버린 것이다.

끔찍한 일이었다. 이제 열네 살이 된 어린아이를.

하나 그들은 쾌락에 사로잡힌 포로였고, 평민 주제에 자신들을 계속 거부한 스피네에게 벌을 준다고 생각했다.

비가 내렸다. 숲에 홀로 남게 된 스피네는 멍하니 고개를 들어 비를 맞았다.

빗방울이 눈동자에 들어갔다. 눈을 타고 볼에 흘렀다.

빗물인지 눈물인지 그녀 스스로도 알 수 없었다.

단지 죽고 싶었다. 살고 싶은 마음이 없어졌다.

그녀는 결심과 함께 질긴 나뭇잎을 엮어 줄을 만들었다. 그러나 그녀는 자살을 실행할 수 없었다.

자신이 죽으면 홀로 남게 될 아버지가 떠올랐다.

결국 그녀는 그날 몇 시간 동안 통곡을 하다 아무 일 없다는 듯 내려왔다. 아버지가 알게 하고 싶지 않았다.

한데, 오히려 귀족들이 헛소문을 떠들고 다녔다.

스피네와 잤다. 밝히더라. 자꾸 하자고 달려든다…….

그 소문은 결국 스피네 아버지의 귀에까지 들어갔고, 다그치는 아버지한테 스피네는 어쩔 수 없이 진실을 털어놓았다.

그리고 스피네는 다음날 세상을 증오하게 됐다.

살아가는 이유였던 아버지가 분을 참지 못한 채 범인 중 한 명을 죽여 버린 것이다. 그로 인해 체포됐으며 당일 목이 베였다.

스피네의 바로 눈앞에서.

그날 저녁 스피네는 마을을 떠났다. 죽이고 싶었다. 용서할 수 없었다. 그들이 죽기 전에는 죽을 수도 없었다.

하지만 당장은 아무런 힘이 없었다. 강해져야 했다.

스피네는 자신의 아버지와 함께 일했던 마법사 용병을 찾아갔다. 그녀는 스피네를 따스하게 받아주며 그녀를 가르쳤다.

그렇게 스피네는 용병이 된 채 실력을 키우다 많은 남자를 만났다.

그녀에게 남자는 사랑이 아니었다.

단지 자신의 외로움을 달래줄 도구일 뿐이었다. 당하는 게 아닌 이용하는 것이었다.

그러다 시멘 용병단과 알게 되고 가깝게 지내다 보니 벨트라에게 좋은 감정을 느껴 연인이 됐다. 다행스럽게도 가치관도 같아서 자유로운 연애를 하기로 하며.

그리고 시멘 용병단이 되기 직전, 그녀는 모든 복수를 마쳤다.

어렸을 때 카네에게는 꿈이 존재하지 않았다.

고아 소년. 하루 먹고살아 가기도 힘들었던 그에게 먼 훗날의 미래는 관심없었다.

굳이 꿈을 말하라고 한다면 굶지 않고 배불리 먹는 일이었다. 매일매일.

그러다 한 노인을 만나게 됐다. 예순 살 정도 됐을까? 겉보기에는 당장 쓰러져도 이상하지 않을 만큼 허약해 보였다.

카네는 그 노인이 불쌍했다.

하필이면 성질 더럽기로 유명한 자신들의 두목한테 걸렸으니 말이다.

카네가 봤을 때는 사소한 일이었지만 두목은 용납할 수 없는 듯했고, 사과를 하고 싶으면 돈을 내놓으라고 했다.

그러자 놀랍게도 노인은 사람 좋게 웃었다.

이해가 되지 않았다. 어떻게 이런 상황에서 웃고 저토록 태연할 수 있을까? 자신이라면 겁에 질려 오줌이라도 쌌을 텐데…….

하지만 곧 놀라운 일이 벌어졌다.

두목을 비롯해 부두목까지 한 방에 나가떨어졌다.

어떻게 때렸는지도 모른다. 단지 빛이 번쩍하더니 한 명은 화상을 입었고, 다른 한 명은 감전이 됐다.

십대이던 카네는 무작정 달려가서 노인에게 물었다.

도대체 어떻게 한 거냐고. 그러자 노인은 마법이라고 대답했다.

마법, 마법, 마법!

카네는 마법이라는 말을 머릿속에서 계속 되뇌었다.

세상 그 누구보다 무섭던 두목과 부두목조차 순식간에 쓰러뜨리고 운명처럼 다가온 마법.

카네는 결심했다. 마법을 배우자고. 그래서 저 노인처럼 멋있는 사람이 되자고.

결심과 함께 그는 무작정 노인의 다리를 붙잡고 사정했다.

뭐든지 할 테니 제발 제자로 받아달라고. 그러나 노인은 카네의 간절함을 거절했다.

하지만 카네는 포기하고 싶지 않았다.

지금 이 노인을 따라가지 못한다면 자신은 평생 이러고 살지도 모른다는 불안한 예감이 들었다.

독하게 달라붙었다. 그가 가는 곳이라면 어디든지 갔다. 구걸을 못해 쫄쫄 굶으면서도 노인만을 따라다니며 하염없이 사정했다.

결국 노인은 두 손을 들며 카네를 제자로 받아줬다.

그때만 해도 카네는 희망에 부풀었다. 뭐든지 다 할 수 있을 것 같았다.

그렇지만 신분의 벽은 너무나 높고 넓었으며, 노력에 비해 재능이 따라주지 못했다.

오랜 시간 수련했으나 실력은 원하는 만큼 늘지 않았다.

스승님이 죽자 마탑에 가서 마법에만 매진하고 싶었지만, 실력도 탐탁지 않고 귀족도 아닌 그한테 자리는 만들어지지 않았다.

결국 카네는 일단 돈을 모으자는 결심과 함께 용병이 됐다.

당시 카네의 실력은 이트 급이었는데, 어느 정도 목돈을 마련했을 때는 에트 급이었다.

하나, 카네는 용병 일을 그만두지 않았다.

에트 급이 되기 전 인연을 맺은 시멘 용병단. 그들과 함께하는 하루하루가 행복했기에.

트라이는 남작의 둘째 아들이었다.

그는 어릴 때부터 기사들의 검술 연습을 구경하며 흥미를 보였다.

　그래서 다섯 살 때부터 검을 들었다. 한데 너무나 무거웠다. 맞춤형 검을 만들었어도 쉽지 않았다.
　그런 트라이에게 집사가 다가와 단검을 배워보는 게 어떠냐고 물었다.
　"그게 뭐에요?"
　당시 단검이 뭔지 몰랐던 트라이가 묻자 집사는 간단하게 알려줬다.
　무게가 가벼운 짧은 검.
　큰 검을 휘두르는 기사들이 멋있어 보여서 검을 배우려 한 트라이였지만, 일단 단검을 먼저 배우기로 결정했다.
　장검은 더 크고 난 뒤에 충분히 배울 수 있었고, 어쨌든 같은 검이니 배워두면 좋을 듯했다.
　그렇게 트라이는 처음으로 단검을 잡게 됐고, 시간이 흘러 스물다섯 살이 됐을 때 이트 급 중급에 올라섰다.
　당시 트라이는 무서울 게 없었다.
　자신의 실력이면 어디서도 먹힌다고 자만했으며, 집안도 평화로웠으니.
　하나 남모를 고민이 있었는데, 어린아이들이 자꾸 눈에 들어왔다.
　또래나 몇 살 차이의 여자들은 봐도 흥미가 없었다. 아무리 예뻐도 두근거림 역시 없었으며, 성적으로는 더욱 그러했다.
　그런데 십대 초반 아이들을 보면 이상하게도 심장이 떨렸다.

어린아이들이 품에 안기면 놓고 싶지 않았고, 이런 아이들과 평생을 살고 싶다는 생각도 했다.

처음에는 단순한 호기심이라 믿었다.

하지만 시간이 지날수록 그런 욕망은 더욱 커져 갔고, 나이를 먹어도 변하지 않았다. 결국 사건이 터져 버렸다.

어린 소녀를 알게 됐다. 소녀는 자신을 잘 따랐으며, 예쁘고 착했다.

아직 어려서 그런 것인지는 모르겠지만 트라이는 그 아이가 너무나 사랑스러웠고, 결국 입맞춤도 모자라 키스까지 했다.

그리고 아무에게도 말하지 말라는 트라이의 부탁에도 불구하고 어린 소녀는 부모님이 뭐 하고 놀았냐는 질문에 솔직히 대답해 버렸다.

난리가 났다. 만약 그 소녀가 평민이었다면 어떻게든 입막음을 할 수 있었겠지만, 문제는 귀족의 딸이었다.

소녀의 아버지는 트라이 아버지와 친구 관계였고 말이다.

많은 여자들한테 선망의 대상이었던 트라이의 몰락은 순식간이었다.

소문은 빠르게 퍼져 나갔으며, 과장까지 더해져 소녀가 임신을 했다고까지 알려졌다.

물론 십사오 세 정도 되는 어린 나이에 사랑을 나누고 결혼하는 이들도 있었다.

다만 그 나이에 결혼을 하는 것은 대부분 서로가 또래이거
나, 혹은 귀족한테 평민이 팔려가는 것, 그도 아니면 정략결
혼이었다.

한데 트라이는 그중에 아무것도 포함되지 않았다. 또한 소
녀의 나이는 이제 열 살이었다.

트라이의 부모님들은 고개를 들 수 없었다.

친구한테는 물론 과장된 소문들로 인해 영지에서도 마찬
가지였다.

결국 트라이는 부모님들과 많은 대화를 나눈 뒤에 집을 떠
나기로 결정했다.

세간에는 가문에서 쫓겨났다고 알려졌으며, 그렇게 떠난
트라이는 한동안 아무 일도 하지 않고 지냈다.

집에서 가져온 돈이 남았고, 지금의 상황이 너무나 괴로워
할 수도 없었다.

왜 다수에 속하지 않다고 이리 핍박받아야 한다는 말인가.
단지 나이 어린 아이한테 매력을 느끼는 것 그 하나 차이였
다.

그런데 자신은 비난을 받아야 했고, 변태 성욕자라고까지
불렸다. 관계를 하거나 몸을 더듬지도 않았으며, 키스 역시
강제로 하지 않았다.

물론 나이가 어려 판단력이 부족한 상태이기에 그런 면에
서는 욕을 먹을 수도 있다고 스스로도 생각했지만 말도 안 되

는 소문들은 너무나 큰 상처였다.

더불어 자신뿐 아니라 가족한테도 상처를 주었다는 사실이 더욱 슬펐다.

하나, 아무리 속상해도 세상의 시선은 변하지 않았다. 그렇다면 자신이 변해야 했다.

그래서 트라이는 돈이 떨어지자 단검 하나만 가지고 용병일에 뛰어들기 시작했고, 20대, 30대까지도 만나며 변화하려 노력했다.

그러나 쉽지 않았다. 아무리 노력해도 여전히 어린아이들한테 가슴이 두근거렸다.

좌절했다. 스스로가 미웠다. 동료들한테 물어봐도 열 살, 십대 초반 애들을 좋아하는 건 변태라는 소리를 들었다.

그 누구도 자신의 편이 되어주지 않았다.

그때 시멘 용병단을 알게 됐는데, 몇 번 어울리다 술에 취해 벨트라한테 자신의 속내를 알려줬다.

왜 그랬는지는 모른다. 한데 놀랍게도 벨트라는 이해해 줬다.

자신은 그런 취향이 아니지만 모두가 같을 수는 없고, 자신과 다르다고 비난할 이유도 없다고.

트라이는 말할 수 없는 떨림을 느꼈다. 처음이었다. 자신을 욕하지 않는 사람은.

더욱 고마웠던 것은 벨트라뿐만 아니라 시멘 용병단의 다

른 이들도 강제로 하거나 범죄가 아니라면 이해해 줄 수 있다
고 했다.

그날 트라이는 시멘 용병단과 함께하고 싶다는 뜻을 밝혔
고, 그로 인해 메리아와도 인연이 닿게 됐다.

아이니는 어릴 때부터 이상한 게 보이고 들렸다.

뭐라고 정확히 할 수는 없지만 자꾸 알아들을 수 없는 목소
리가 속삭였고, 흐릿한 게 주변을 돌아다녔다.

처음에는 부모님한테 말했다. 그러자 부모님은 꿈을 꿨다
고 믿었다. 아니면 장난을 친다고 생각하거나.

그래서 아이니는 그 사실을 누구에게도 얘기를 하지 않으
며 지냈다.

그 후, 열다섯 살이 됐을 때 아이니는 자신한테 보이던 게
무엇인지 정확히 알 수 있었다.

당시에는 마나가 없어 친화력은 있으나 느끼지 못했던 것
이다.

하지만 열 살 때 아버지가 해보라고 건네준 마나 호흡법 책
으로 인해 어느 정도 마나가 쌓이자 그들의 모습이 조금씩 또
렷하게 보였고, 정령이라는 사실도 알아차렸다.

그때부터 아이니는 부모님에게 꽤 많은 돈을 얻어 정령과
마나 호흡법에 관한 책들을 구입했다.

그들을 더 느끼고 싶었다. 그러려면 자세히 알아야 했으며,

강해져야 했다.

현재 익히고 있는 마나 호흡법으로는 얼마나 시간이 걸릴지 몰랐다.

그렇게 꽤 많은 돈을 투자해 정령에 대한 이해도 높아지고, 새로운 마나 호흡법을 익히고 있을 때였다.

스무 살이 된 아이니는 정령들과 친화력을 더 쌓고, 마나 호흡법의 효율도 올리기 위해 숲에서 시간을 보내다 집에 도착했다.

문을 열었다. 동시에 아이니의 얼굴이 경직됐다.

비릿한 냄새가 집안 가득 풍기고 있었다. 온몸이 부들부들 떨렸다. 불안한 예감이 머릿속을 스쳐 지나갔다.

아이니는 다급히 방 안으로 뛰어들어 갔다. 그리고 볼 수 있었다. 죽어 있는 부모님과 집안을 뒤지고 있는 세 명의 남자를.

도둑질을 하러 왔다가 부모님을 죽인 것이었다.

"아아, 아아……."

아이니는 아무 생각을 할 수 없었다. 단지 지금의 상황이 믿겨지지가 않았다.

달아나야 하는데, 달아나야 하는데, 자신도 죽게 될 텐데 다리가 얼어붙은 듯 움직이지 않았다.

비명이라도 질러 누가 들을 수 있도록 해야 된다고 생각했지만, 목이 막힌 듯 소리 역시 나오지 않았다.

그때 남자 중 한 명이 달려와 입을 틀어막았다. 다른 남자는 손을 묶었고, 마지막 남자는 바지를 벗기 시작했다.

그런 상황에서도 아이니는 단지 머릿속이 혼란스러울 뿐이었다.

구역질이 치밀 만큼, 차라리 죽어버리는 게 속이 편할 만큼 혼란스럽고 가슴이 아팠다.

자신은 인정하기 싫은데, 인정하면 안 되는데 눈동자는 눈물로 인해 앞이 보이지 않을 정도였다.

"살려줘."

아이니가 중얼거렸다. 남자들은 비웃었다. 모든 것을 봤는데 살려줄 수가 없었다. 즐기고 난 뒤에 죽여 버릴 계획이었다.

하지만 아이니는 그들에게 부탁한 것이 아니었다.

정령, 정령들이었다. 어릴 때부터 자신을 때로는 귀찮게, 때로는 즐겁게 해준 그 정령들한테였다.

정령을 사용하기 위해서는 계약을 맺어야 했다.

그런데 문제는 계약을 맺기 위해서는 이트 급의 마나가 필요했다. 하나 아이니는 이트 급의 마나도 없어 아직 계약을 못하고 있었다.

안다. 계약을 하지 않으면 정령들이 힘을 쓰지 못한다는 사실을. 책에도 그렇게 나와 있었다.

그렇지만 그 누구도 없었다.

살고 싶은데, 이렇게 죽을 수 없는데 자신을 도와줄 존재는 정령밖에 없었다. 그래서 무의식중에 나온 말이었다.

그때, 놀라운 일이 발생했다.

스파아앗!

아이니의 몸 주변에서 빛이 새어 나왔다. 더불어 정령들이 말을 걸었다. 조금 전만 해도 제대로 알아들을 수 없었는데 지금은 또렷하게 들렸다.

자신들과 계약을 하겠냐고.

아이니는 고개를 끄덕였다. 사정없이 끄덕였다. 정령들의 목소리가 재차 들렸다.

"명을 내려주세요, 주인님."

아이니는 두 눈을 떴다. 지금까지의 겁에 질린 모습은 없었다. 단지 하염없는 슬픔과 살의가 하나 된 눈빛이었다.

"저들을 죽여……."

말이 떨어지는 순간 집안에서 비명이 울려 퍼졌다.

그날 이후 아이니는 더 이상 다정하지도 웃지도 않게 됐다.

스크푸는 사냥꾼의 아들로 태어났다.

그래서 어릴 때부터 사냥에 익숙했고, 주 무기는 활이었다.

자신의 아버지는 단검을 자주 썼지만 스크푸는 활이 좋았다.

멀리서도 맞출 수 있어 접근전을 하다 다치지도 않았고, 조준만 잘하면 최고의 무기였기 때문이다.

물론 처음에는 쉽지 않았지만, 아버지의 도움으로 인해 어느 정도 익숙해지자 활 없이는 못살 정도가 됐다.

하지만 열다섯 살 때 혼자 자신을 키워주던 아버지가 병으로 돌아가셨고, 스크푸는 산에서 내려왔다.

계속 사냥을 하며 살 수도 있겠지만, 추억이 점점 슬픔으로 변해가자 세상을 돌아보고 싶다는 생각이 들었다.

그리고 스크푸는 깨달을 수 있었다.

자신이 그동안 얼마나 좁은 곳에 있었는지, 세상이 얼마나 넓은지를 말이다.

그전까지만 해도 자신의 아버지가 가장 강하다고 믿었다. 확신했다.

단검도 잘 다뤘고 활도 잘 쏘셨다. 그 외에도 못하는 게 없었다. 그런 아버지가 스크푸는 자랑스러웠다.

한데, 세상에 나오니 아버지보다 강한 이들이 너무나 많았다. 또한 자신의 실력이 얼마나 형편없는지도 깨달았다.

돈이 떨어져 사냥을 하러 산에 찾아갔다가 활을 쏘는 중년인을 만났다. 그는 오우거와 싸우고 있었다.

스크푸는 말렸다. 아무리 백발백중이라 해도 활로 오우거의 피부는 뚫지 못한다.

그런데 놀라운 일이 벌어졌다.

그의 화살에서 빛이 나더니 오우거의 피부에 박힌 것이었
다.

그때 스크푸는 처음으로 마나에 대해 알게 됐고, 그의 제자
가 됐다.

중년인은 갑작스러운 스크푸의 부탁에 난감해했지만, 사
정을 듣고 나서는 수락했다.

스크푸와 반대의 입장이지만 그 역시 아들을 잃고 홀로 살
아가는 중이었다.

그 후, 중년인 밑에서 활에 대해 많은 것을 배우며 스크푸
는 이트 급에 올랐다.

그리고 그에게 좋은 인연이 생기자, 세상을 더 경험하고 싶
다는 뜻을 허락받은 후 용병이 됐다.

물론 아직도 스크푸는 시간이 나거나 근방을 지날 때면 그
에게 먼저 찾아간다.

"다들 사연이 있군요."

"세상에 사연없는 사람이 어디 있겠어. 용병들도 마찬가지
고."

"그런데 바실 할아버지 얘기는 왜 안 해줘요?"

모든 얘기가 끝나자 시드가 의아한 얼굴로 되물었다. 그러
자 벨트라가 주위를 살피며 진지한 얼굴로 접근해 귓속말을
했다.

"바실 할배의 과거는 비밀인데. 알면 위험해. 그렇지만 너니깐 말해주마."

시드는 침을 꿀꺽 삼켰다.

지금까지 들은 사연들도 가슴이 아프고 답답했다. 한데 그 중에서도 비밀이라면 어느 정도이기에…….

그때 벨트라가 짓궂게 미소를 지으며 말했다.

"바실 할배는 너무나… 평범해."

"에?"

전혀 뜻밖의 발언에 시드가 고개를 갸웃거렸다.

"말 그대로야. 아버지가 마법사여서 마법을 배웠고 용병이 멋져 보여서 됐대. 특별한 사연이 없어서 얘기를 안 했지."

"알면 다친다면서요?"

"당연히 농담이지. 하하!"

시드가 속았다는 사실에 벨트라가 크게 웃던 그때다.

"벨케님! 벨케님!"

마을에서 누군가가 뛰어올라 오더니 급하게 벨케를 찾았다.

"무슨 일이시죠?"

심각함을 느낀 시드가 무거운 몸을 일으키며 소리쳤다. 동시에 벨케와 에스 역시 굴에서 나왔다.

"베, 벨케님!"

"얘기할 시간 없다. 가도록 하지."

마을 사람은 벨케를 보자마자 주저앉으며 말을 하려 했다. 하나 벨케는 이미 알고 있다는 듯 순식간에 마을을 향해 이동했다.

동시에 에스가 모두의 마법을 해지했다.

"먼저 갑니다."

시드는 그 말과 함께 메스토의 스텝을 발휘했다.

마을 사람, 벨케의 행동, 또한 무게 마법을 해제해 준 에스. 이 모든 것의 답은 하나밖에 없었다.

더불어 거리가 좁혀지자 시드도 느낄 수 있었다.

아직 마나를 발휘하지 않고 있지만 무서운 힘을 가진 존재가 마을에 있다는 사실을.

그리고 곧 볼 수 있었다.

벨케와 대치하고 있는 낯익은 얼굴들과 가면을 쓴 남자를.

『시드』 4권에 계속…

共同傳人
공동전인

설경구 新무협 판타지 소설

마교를 재건하라.

혈마옥에 갇히며 마교 장로들의 공동전인이 된 사무진에게 주어진 과제.
역사상 가장 착한 마교의 교주.
하지만 역사상 가장 강한 마교의 교주가 되고 싶다.

고정관념을 버려요.

마교도라고 해서 꼭 나쁜 놈일 필요는 없잖아요.

지금까지와는 다른 마교.

이제 사무진이 만들어가는 새로운 마교가 모습을 드러낸다.

WWW.chungeoram.com

Book Publishing CHUNGEORAM

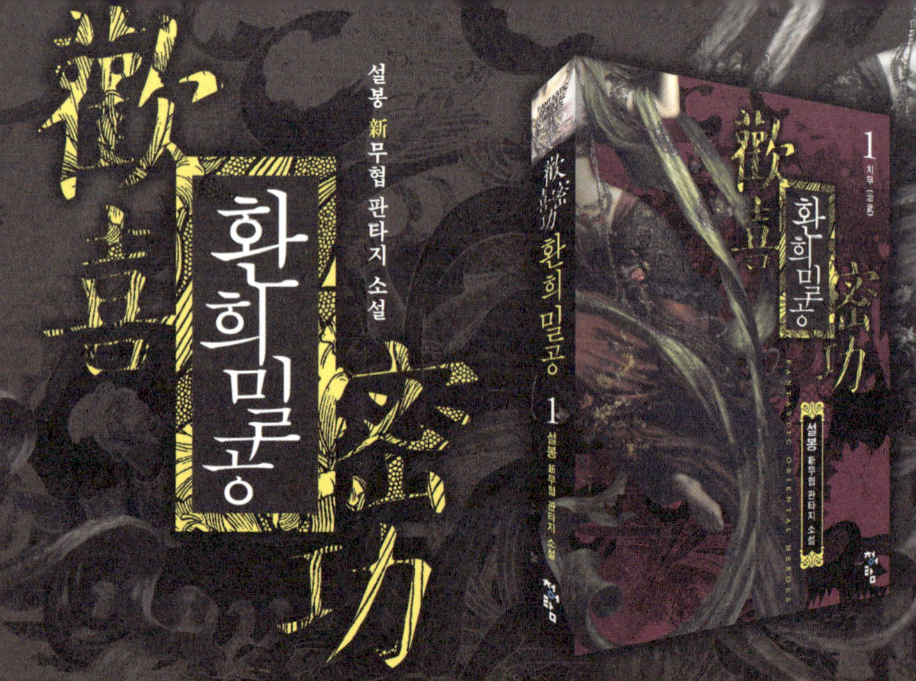

무유칠덕(武有七德), 금폭(禁暴), 집병(戢兵), 보대(保大),
정공(定功), 안민(安民), 화중(和衆), 풍재(豊財), 자야(者也).
〈좌전(左傳), 선공 십이년(宣公 十二年)〉

무에는 일곱 가지 덕이 있다.
첫째, 난폭을 금지한다. 둘째, 무기를 거두어들인다. 셋째, 큰 나라를 보전한다.
넷째, 공적을 정한다. 다섯째, 백성을 편안하게 한다. 여섯째, 대중을 화합하게 한다.
일곱째, 물자를 풍부하게 한다.

섬서성(陜西省) 육반산(六盤山)에 신력(神力)을 바탕으로
패공(霸功)을 구사하는 가문(家門), 육반루가(六盤婁家).
세상에게 외면받고 멸시당하는 환희교(歡喜敎).
육반루가의 후손과 환희교 교주의 운명적인 만남.

"넌 환희교를 지키는 수문장(守門將)이 될 거야.
강하게, 아주 강하게 키워주마."
'아버지처럼 죽지 않을 거야. 아무도 날 죽일 수 없어.
세상에서 최고로 강한 사람이 될 거야.'